Farebná dúha Bholu

Translated to Slovak from the English version of
Bholu's Colourful Rainbow

Geeta Rastogi 'Geetanjali'

Ukiyoto Publishing

Venovanie

Táto kniha je venovaná

Lord GANESHA ako Boh

zasvätenie

A

Maa SARASWATI, bohyňa vzdelania.

Predslov

Všetci sme stvorení v dielni prírody, rovnako ako my. Ako a kde sa formujú naše osobnosti? Pravdupovediac, je to kompletný proces. Tento proces začína v Božej dielni. V tomto procese zohrávajú dôležitú úlohu naši rodičia, učitelia a vzdelanie. Všetky tieto prvky formujú aj našu perspektívu. To je aj môj prípad. Moju osobnosť a môj uhol pohľadu ovplyvnili tak či onak moji rodičia, moji učitelia, moji priatelia a knihy, ktoré som s veľkým záujmom čítal. Je nemožné, aby som inou metódou podrobne opísal celý proces rozvoja osobnosti. V tejto súvislosti by som sa s vami rád podelil o príbeh, ktorý som čítal v knihe, možno v časopise s názvom „Akhanda Jyoti". Tento príbeh ma hlboko zasiahol, a preto sa oň s vami podelím. Kedysi dávno žil v jednom meste bohatý obchodník. Vlastnil obrovské bohatstvo. Jedného dňa sa cítil božsky inšpirovaný postaviť v meste chrám. Začal teda hľadať kompetentného sochára. Hovorí sa: „Keď sa chce, tak sa dá". Po nejakom úsilí našiel kompetentného sochára. Teraz je sochár zodpovedný za vytvorenie nádhernej Božej modly, ktorá bude inštalovaná v chráme. Na túto úlohu potreboval sochár špeciálny kameň. Keď ide jeden hľadať, narazí na veľký kameň. Spýtal sa kameňa, či by súhlasil s otesaním a vyrezaním do tvaru Boha. Kameň sa bál a povedal: „Prečo by som mal podstúpiť toľko skúšok bez zjavného zisku? Čo získam, keď sa stanem Božím idolom? Som rád, že som tu taký, aký som. Hľadaj iný kameň." Sochár začal hľadať ďalší kameň. Po chvíli sochár nájde ďalší kameň. Položil rovnakú otázku a tento kameň ochotne súhlasil s vytesaním do tvaru Boha. Kameň sa tešil, že môže slúžiť ako modla Bohu. Sochár však kameňu pripomenul, že musí prejsť bolestivým a náročným procesom. Kameň sa držal jeho rozhodnutia a súhlasil. Sochár prinesie kameň do svojej dielne a začne namáhavú úlohu dlabať a vyrezávať modlu. Pracoval tam s najväčším nasadením. Len za pár dní bola Božia modla pripravená. Obchodník potom musel zariadiť posvätenie modly v chráme a na vykonanie obradov bol povolaný kňaz. Teraz musel obchodník postaviť modlu Boha v chráme. Na to bol povolaný kňaz a bol stanovený dátum. Pri inštalovaní Božej modly v chráme si kňaz zrazu spomenie, že je potrebný ďalší kameň. Informoval obchodníka, ktorý okamžite poslal sluhu po kameň. Sluha nájde ten istý kameň, ktorý odmietol návrh stať sa modlou sochárskeho Boha. Sluha sa na nič nepýtal, odniesol kameň do chrámu a odovzdal ho kňazovi. Kameň bol umiestnený priamo pod Božou modlou v chráme, aby sa na ňom mohli lámať kokosové orechy ponúkané ako prasad (obeta). Keď bolo posvätenie Božej modly dokončené, všetci odišli. Sám tvárou k kameňu, ktorý sa stal modlou Boha, kameň povedal: „Aké šťastie si našiel? Stal si sa Bohom. Ľudia prichádzajú a klaňajú sa vám. Uctievajú ťa ako Boha. Znášam údery kladivom vo dne v noci. Aká nespravodlivosť v Božom svete? Tu by mala zvíťaziť aspoň spravodlivosť."

Kameň, ktorý sa stal modlou Boha, potom povedal druhému kameňu: „Možno si zabudol, že moja podoba bola kedysi ako tvoja. Po tom, čo som mnoho dní vydržal nespočetné sekanie a kladivo, som sa dostal do tohto bodu. Mohli ste mať túto príležitosť aj vy, ale odmietli ste v ten deň prejsť bolestivým procesom. Preto ste dnes našli toto miesto, kde budete musieť každý deň podstúpiť bolestivý proces."

Záver príbehu je taký, že ak my ako ľudia súhlasíme s tým, že budeme celý život stavaní v Božej dielni, musíme prejsť bolestivým procesom, ktorý nejaký čas potrvá. Na druhej strane, ak robíme veci po svojom a vyhýbame sa ťažkostiam s dodržiavaním pravidiel, musíme počas života znášať skúšky.

Milí čitatelia a priatelia, týmto príbeh končí. Vždy som rada čítala príbehy. Od detstva som čítal veľa príbehov. Naša škola mala aj špeciálne zariadenie na čítanie kníh. V knižnici sme tiež čítali veľa rozprávok. Na tento účel bol pre každú triedu určený jeden deň v týždni. Okrem toho deti dostali knihy, ktoré si vzali na týždeň domov. Okrem toho boli malým čitateľom odmeny ponúkané knihy. Tak sa zrodila moja vášeň pre čítanie príbehov. A práve vďaka tejto záľube sa vo mne časom zrodil rozprávač. Dnes s veľkou radosťou predstavujem svojim čitateľom svoju prvú zbierku príbehov, určených najmä deťom. Navyše ani starší ľudia nebudú ukrátení o potešenie z jeho obsahu. Táto zbierka príbehov je vyvrcholením požehnania mojich rodičov, podpory mojich blízkych a Božej milosti. Dúfam, že prostredníctvom tejto knihy získam všetku vašu náklonnosť.

- Geeta Rastogi "Geetanjali" (v angličtine)

C-26, Železničná cesta

Modinagar 201204

Okres: Ghaziabad

(UP) India

Mob: 8279798054

E-mail: geetarastogi26@gmail.com

Obsah

Dom matky

V jednej dedine žila stará žena menom Sheetala. V tejto dedine vlastnila veľmi veľký dom a bývala tam sama. Hoci Sheetala mala veľa detí, svoje podniky mali v rôznych mestách po celej krajine a dokonca aj v zahraničí. Preto s ňou v dedine nemohli zostať navždy. Žiaden z jej synov ani dcér nedokázal navždy žiť s matkou na dedine. Sheetala bola žena vo výbornom zdraví. Je to výsledok pravidelného denného režimu a meditácie. Peniaze jej nechýbali. Jeho potreby boli tiež obmedzené. Obživa pre ňu teda nebol problém. Jeho dom mal priestranný dvor a záhradu. V jeho záhrade bolo veľa ovocných stromov - mangovníky, indické moruše, neemové stromy a kokosové palmy. Okrem toho sa v jeho záhrade nachádzala horká tekvica a fazuľa. Pestovala aj paradajky, zelené čili, baklažán, karfiol, zemiaky a koriander. Pestovala aj nechtíky, ruže, slnečnice a trvalky, ktoré jej záhradke pridávali na kráse. Stará Sheetala pilne pracovala vo svojej záhrade a starala sa o svoje stromy a rastliny. Jeho denný režim bol veľmi konzistentný. Vstávala pred úsvitom, pozametala dom, starala sa o domáce práce a potom uctievala Boha. Potom zapálila sporák, aby si pripravila jedlo.

Sheetala prevádzkovala ručné tkanie, kde pracovali aj miestne ženy. Vyrábali košíky, kytice, podložky a rôzne iné predmety. Ísť na trh a predávať tieto produkty bola náročná úloha, no do jej domu si ich prišli kúpiť miestni obyvatelia. Večer trávila čas vo svojej záhrade. Milovala starostlivosť o svoje rastliny. Urobila by nové úpravy a vysadila tam nové stromy. Veľkú časť dňa mu zabralo udržiavanie rastlín, polievanie, prihnojovanie a pravidelné odstraňovanie buriny. Každý deň dostávala zo svojej záhrady množstvo zeleniny a kvetov a bola nútená rozmýšľať, ako ich využiť. Ak by ich nechcela predať, dala by ich zadarmo ženám pracujúcim na jej salaši. Ak miestnemu obyvateľovi chýbala zelenina, prišiel po pomoc do Sheetala Mata. O svoje produkty sa neváha podeliť. Počas sezóny jamun (indická moruše) sú konáre stromov jamun zaťažené ovocím. Vybrala by si jamun pre seba a podelila by sa o ne so všetkými. Tiež sušila a pomlela semená jamunu, aby vyrobila veľmi užitočný liek na liečbu cukrovky. Podobne vyrábala lieky z listov, kôry a semien neemu. Raz dala svoj domáci liek blízkemu priateľovi a ukázalo sa, že je prospešné. Postupne sa Sheetala Mata preslávila ako „opravárka" a ľudia zo všetkých spoločenských vrstiev sa na ňu začali obracať kvôli medicíne.

Časom prešlo toľko rokov. Sheetala Mata zostarla. Jedného dňa prišiel do domu jeden z jeho synov v sprievode rodiny. Potešilo ju, keď videla svojho syna, nevestu, vnuka a vnučku zhromaždených v jej dome. Bolo to pre ňu príjemné prekvapenie. Jej syn je smutný z matkinej staroby a osamelosti. Verí, že by už nemala žiť sama. Aké by to bolo úžasné, keby ich tentoraz mohla sprevádzať aj v zahraničí a zostať tam navždy. Bolo by veľkým potešením mať kompletnú rodinu a nikto by sa necítil sám. Svoje myšlienky vyjadril svojej matke: „Matka, tentoraz by si nás mala sprevádzať aj ty. Bude sa vám páčiť s nami, vašimi vlastnými deťmi. To nás urobí šťastnými a môžeme sa o vás postarať."

Jeho matka bola veľmi šťastná, keď vedela, že jej syn má o ňu strach a chce, aby bola stále doma. Už vtedy pre svoju veľkú pripútanosť k rodisku, domu a záhrade nemohla prijať tento návrh odísť z dediny a usadiť sa natrvalo v zahraničí. Jeho súčasný domov mu dáva pocit raja. A tak radšej zostala verná svojej starej rutine a životnému štýlu. Jeho synovi preto nezostávalo nič iné, len sa vrátiť k rodine do zahraničia. Sheetala Mata pokračovala vo svojej bežnej dennej rutine, spokojná so svojím rodiskom, dedinou, domom, záhradou a zeleňou prírody.

Cesta poctivosti

Pragati bola dievča

inteligentný. Študovala v ôsmom ročníku. Mala skromnú povahu a veľmi živého ducha. Bola jedným z najmúdrejších detí v triede. V športe nikdy nezaostávala. Či už hrala susedský kriket alebo sa zúčastňovala školských športových podujatí, vždy bola aktívnou účastníčkou. Rodina, susedia a blízki jej vždy blahoželali.

Keďže bola dobrosrdečné dievča, deti z jej triedy sa ju občas snažili využiť. Či už to boli testy alebo skúšky, deti v jej okolí sa vždy snažili špehovať jej písanie a prosili ju, aby im pomohla neférovými spôsobmi. Nakoľko pri skúškach je potrebné dodržiavať pravidlá, dozorcovia sa snažili v skúšobných sieňach dodržiavať prísnu disciplínu. Študenti vždy začali medzi sebou chatovať, keď boli učitelia mimo dohľadu. Počas skúšok sú vždy zakázané zbytočné rozhovory. Podľa systému preskúmania sa to vo všeobecnosti považuje za nespravodlivý prostriedok. Nie všetci študenti však poznajú dôležitosť pravidiel a nedodržiavajú ich úzkostlivo. Pragati si na skúšku riadne pripravovala celý sylabus a nikdy nehľadala nevhodnú pomoc. Iné deti tento úprimný prístup neocenia. Snažili sa komunikovať gestami a niekedy aj skopírované materiály nosili domov. Bol tu lietajúci tím, ktorý sa zrazu objavil, aby chytil tých, ktorí skopírovali odpovede a pokúsili sa podvádzať. Keď už prebieha skúška z histórie. V ten deň na Pragatiho triedu dohliada Madam Sanskriti. Už v čase, keď sa mala skúška začať, oznámila, že každý študent musí rešpektovať školský poriadok aj skúšobný poriadok. Ak sa zistí, že študent má v držbe akýkoľvek materiál na podvádzanie, bude potrestaný. Ak niečo priniesli omylom, musia to vrátiť dozorcovi alebo potichu vyhodiť do koša. Skúška sa začala a všetci sa drali, aby dokončili svoje papiere načas. Tí, ktorí neboli pripravení, hľadali sem a tam a snažili sa vyskúšať nové veci, ak to bolo možné. Čoskoro sa objavila lietajúca čata. Skontrolovali vrecká študentov a ich puzdro na geometriu. Niektorí študenti boli veľmi nervózni a modlili sa k Bohu: „Prosím, zachráň ma dnes. V budúcnosti sa vždy vrátim pripravený.

Len čo lietajúci tím opustil miestnosť, všetci sa dostali do pohody. Učiteľ požiadal uchádzačov, aby svoju prácu dokončili načas, keďže by im čas navyše neprospel. Učiteľka neustále chodila po triede. Keď sa blíži k Pragati, vstane a povie učiteľovi, že sa s ňou chce porozprávať. Písomné odpovede poskytla na malých papierikoch, ktoré ani jeden z učiteľov nevidel. Dokonca aj potom odovzdala všetky tieto veci sanskrtskej učiteľke a požiadala ju, aby jej odpustila. Sľúbila, že túto chybu už v budúcnosti nezopakuje.

Učiteľ bol veľmi prekvapený. Neverila vlastným očiam, pretože sa stalo niečo neuveriteľné. Zranil ju aj nesprávny čin jedného z jej inteligentných študentov. Bol to pre ňu šokujúci zážitok. Dokonca jej dovolila sedieť doma a dokončiť skúšku.

 Po skončení skúšky zavolala Pragati do zborovne a spýtala sa jej, prečo urobila takú mizernú prácu. Prečo urobila niečo, čo by nemali robiť ani blázni. Pragati sa za to hanbili. Ospravedlnila sa za neúmyselnú chybu, ktorú urobila, a sľúbila, že to už v budúcnosti neurobí.

„Prečo si to urobil, Pragati? Ani som si nevedel predstaviť, že by si to dokázal?" spýtal sa profesor Sanskriti.

Chudák nevedel veľa rozprávať.

Keď ju prinútili prehovoriť, až potom vysvetlila, že kvôli chorobe pocítila nervozitu a stratila sebavedomie. Myslela si, že nezvládne skúšky a bude sa jej na hodinách aj doma posmievať.

„Ó, môj drahý! Cítiš sa momentálne dobre?"

„Áno, madam.

„Si veľmi inteligentný a múdry. Nesmiete stratiť dôveru v seba. Aj tak na mňa zapôsobila tvoja úprimnosť. Ak v živote vždy pôjdeš cestou čestnosti, vždy vstaneš a dosiahneš vynikajúce výsledky v každej skúške vo svojom živote. Život je hra. Výhry a prehry neznamenajú veľa. Najdôležitejšie je starať sa o hodnoty a vždy sa snažiť ísť správnou cestou. Si dobré dievča. Prajem vám veľa úspechov a svetlú budúcnosť."

Všetci sme v tej či onej dobe v situácii, v akej bola Pragati v príbehu. Nie vždy vieme, ktorou cestou sa vydať, pretože nesprávna cesta sa vždy zdá ľahká. Preto je pravdepodobnejšie, že sa bude uberať týmto smerom. Aj potom musíme zostať na ceste čestnosti, pretože z dlhodobého hľadiska prinesie lepšie výsledky.

Niranjana

Keď Niranjana a jej brat Nikhil vystúpili zo školského autobusu, prešli cez školskú bránu. Prechádzajúc sa dlhými chodbami školy sa obaja dostanú do Nikhilovej triedy. Nechá ho v triede a vbehne do svojej. Keď tam príde, položí si tašku na sedadlo a pozdraví svojich priateľov, ktorí sú už pri nej. Niranjana vždy prišla do školy o niečo skôr, ako bolo naplánované, pretože jej autobus ju vyzdvihol na najbližšej zastávke v prvej zmene. Deti prichádzajúce v druhej fáze vo všeobecnosti prichádzajú do školy o niečo neskôr ako v prvej. Pred rannou modlitbou sa rozpráva so svojimi priateľmi a potom ide za učiteľom, aby sa spýtala, či je potrebné dokončiť nejaké úlohy. Shalini bola jej najdrahšia a najbližšia priateľka. Vyhradila mu miesto a asistovala mu pri všetkých jeho úlohách. Práve dnes vyšla so Shalinim za učiteľom, ktorý viedol modlitebné zhromaždenie.

„Pozri, Shalini! Prichádza naša Madam Pragya. Poďme sa jej opýtať, či nám dáva prezenčnú listinu našej triedy. Zdá sa, že je preťažená toľkými vecami, ktoré drží v ruke.

„Potom sa dvaja priatelia začali pohybovať smerom, odkiaľ sa blížila pani Pragya.

„Dobrý deň, madam," pozdravili ju s úctou.

„Ahojte deti. ako sa máš Madam sa usmiala.

"Madam, vďaka vašim požehnaniam sa máme dobre."

„Madam, ak vám to nevadí, môžeme priniesť do triedy prezenčnú listinu? Pani, prosím. Dajte nám to. Necháme si to v triede. Prosím, madam," pýtali sa jej, kým čakali na jej odpoveď.

Madam sa usmiala a bez meškania odovzdala škatuľu Shalinimu. Dievčatá sa cítili obdivované a šťastne zamierili do svojej triedy.

Dvaja priatelia teraz čakajú, kým ich ctihodný učiteľ vstúpi do triedy. Keď madam prišla, všetky deti vstali a pozdravili ju. Pani ich požehnala a požiadala ich, aby si sadli. V tom čase madam zavolala Shalini a Niranjana, aby im dala inštrukcie. Zrazu zazvoní zvonček. Teraz je čas na modlitbu. Všetci študenti sa postavili do radu, aby sa zúčastnili na modlitbovom zhromaždení.

Shalini a Niranjana už dorazili do modlitebne skôr ako ostatní. Tam zbadali pani Sunila, ktorá dohliadala na programy pre deti. Prítomné boli aj ďalšie deti. Povedali mu o svojom výkone v ten deň. Keď učiteľka zbadala dievčatá, ktoré tam stáli, usmernila ich rovnakým spôsobom.

„Chceli by ste niečo predstaviť dnešnému modlitebnému zhromaždeniu?

„Áno, madam. Poviem príbeh," odpovedala Niranjana. Zdá sa, že momentálne je veľmi šťastná.

"A ja zarecitujem báseň," odpovedal Shalini.

„Dobre, zapíšem si vaše mená. Pamätáte si všetko dobre? Dovoľte mi, aby som si to raz vypočul," požiadala ma Sunila.

Obe dievčatá boli veľmi aktívne a inteligentné. Ich prezentácie boli dobre prijaté. Niranjana vyrozprávala príbeh, ktorý jej minulú noc povedala jej stará mama. Bola to len skúška na skutočné vystúpenie.

Všetky deti sú teraz zhromaždené v posluchárni. Ako obvykle sa konala spoločná modlitba. Hudobné nástroje sprevádzajúce jemné melódie modlitby akoby začínali vibrovať struny srdca. Po modlitbe deti predviedli kultúrne programy. Niranjana rozprával príbeh o zlodejovi, ktorý sa vďaka svojmu zvyku hovoriť pravdu stal ministrom na kráľovskom dvore. Všetky deti a učitelia búrlivo tlieskali.

Dnes je Niranjana veľmi šťastná. Rozhodla sa usilovne študovať a urobiť niečo zo svojho života. Nikdy nezabudne rešpektovať svojich starších.

Poobede, keď sa škola skončila, všetci nastúpili do školského autobusu a dorazili na svoju zastávku. Matka ich netrpezlivo čakala. Na spiatočnej ceste Nikhil a Niranjana rozprávali o všetkých školských aktivitách svojej matke, ktorá ich pozorne počúvala a kráčala ruka v ruke s deťmi smerom domov.

Milá Gracie

Gracie bol očarujúci osemročný chlapec. Bol to nezbedný chlapec. Vo štvrtej triede tiež vyrástol. Ako väčšina detí v jeho veku mal malý záujem o štúdium a viac o hračky. Aj on sa rád túlal sem a tam a mrhal si čas neplechou.

Mal priateľa menom Siddhi, ktorý bol v rovnakej triede ako on. Domovy týchto dvoch detí neboli ďaleko od seba. Gracie sa  chcela celý deň hrať so Siddhim. Ale Siddhi to nesmel urobiť bez súhlasu svojej matky. Podmienkou bolo, že si najprv musela dokončiť domácu úlohu. Rovnaká situácia bola aj v škole. Siddhi bola pozornejšia k štúdiu, zatiaľ čo Gracie vždy hľadala niekoho, s kým by sa mohla hrať. Keď nikoho nenašiel, hral sa so svojou gumou alebo váhou. Občas dostal od učiteľov aj pokarhanie. Čo cítil tento úbohý tvorca, ťažko opísať slovami.

Aj doma sa často musel hrať sám. Keď sa trochu nudil, zaklopal na dvere Siddhiho domu, ktorý bol hneď vedľa.

„Siddhi, Siddhi, poď von. Budeme hrať spolu."

"Nie, mám veľa domácich úloh."

„Aj ja mám domácu úlohu. A potom? Nemali by sme hrať? Nerád sa stále učím. Páči sa ti to?"

„Aj keď sa mi to nepáči, viem, že to musím urobiť ako prvé. Mama mi povedala: „Najprv sa študuj, potom hraj.

"Och! Žiadne Siddhi. Takto nemôžete odmietnuť. Ako to môžeš urobiť? Nie si náhodou môj priateľ? Poď, poď. Najprv sa zahráme. Domáce úlohy odložte. Urobte to neskôr. Mám aj veľa domácich úloh. Je mi to však jedno. Urobím to neskôr."

"Nie, nie. Nie je to fér. Urobíte to neskôr. Teraz choď domov a hraj sa tam. Ospravedlňte ma prosím. Ak sa mi nepáči trest v škole."

Keď to Gracie počula, bola smutná. Nemal však na výber. Ide po ceste k svojmu domu. Keď Siddhi dokončí svoju domácu úlohu, ide do domu Riddhiho, ktorý býva neďaleko. Siddhi jej zobrala krásnu bábiku a ďalšie hračky. Riddhi mala vo svojom dome dvor. Dlho sa tam hrali, potom odišli do záhrady a hrali sa v tieni stromov. Riddhi a Siddhi radi hrali hru na dom. Vyrábali hlinené nádoby a hrali sa s nimi. Potom deň predstieral varenie a varenie nejakého jedla. Po tom, čo sa správali ako ich mamy, keď boli unavení, keď plánovali zbaliť hru, prišla k nim Gracie. Chcel sa s nimi hrať. Všetci traja potom plánovali spustiť novú hru, školskú hru. Siddhi potom zohral úlohu učiteľa a ostatní sa museli stať študentmi. Hrali a užili si veľa zábavy.

Siddhi priniesol zápisník a zapisoval si mená študentov, ktorí hrali. Účasť bola dobrá a potom sa pokračovalo v zvyčajnom štúdiu. Najprv bola hodina matematiky, potom hodina hindčiny. Keď študenti dokončili svoje spisy, učiteľ Siddhi urobil opravu a odovzdal im pracovné zošity. Deťom sa to veľmi páčilo. Slnko sa chystalo zapadnúť a mamy ich volali, aby išli domov. Deti boli nútené vrátiť sa domov.

Deti majú svoj vlastný svet. Sú to rozkošné stvorenia. Bavia sa rôznymi spôsobmi a chcú tam zostať navždy. Sú to Gracie, Siddhi a Riddhi.

Doma sa Gracie nemala s kým hrať. Kedysi sa hrával sám. Jeho staršia sestra sa s ním vôbec nerada hrávala. Keď trval na tom, že sa s ňou bude hrať, začala ho učiť. Gracie sa veľmi nudí.

Graciin otec musel pracovať v kancelárii ďaleko za mestom. Musel tam zostať a domov sa vracal len na víkendy. Jej matka je tiež pracujúca žena. Každý deň chodila aj do práce. Doma sa stará o domáce práce. Gracie trvala na tom, aby mu povedala príbeh, a často si našla výhovorky, aby sa jej vyhla. Gracie sa kvôli tomu všetkému hnevala.

Občas sa nahneval a s nikým sa nerozprával. Dlho však nemohol prejaviť svoj hnev. Potom sa všetci zabávali a vypukli výbuchy smiechu. Gracie sestra pomáhala matke v práci. Potom sa zabavili pozeraním animovaného filmu alebo čohokoľvek zaujímavého v televízii.

Gracie bola tiež vášnivou kuchárkou. Rád jedol rôzne chutné jedlá. Po krátkom čase dostal hlad. Zvyčajne sa to stalo po krátkych časových intervaloch a vyžadovalo si to ísť do kuchyne hľadať niečo na jedenie. Zjedol všetky čokolády, ktoré boli v chladničke. Keď sa uchovávali čokolády a ovocie, na ovocie sa ani nepozrel. Raz sa stalo to isté. Gracie chcela niečo zjesť.

„Čo jesť a koho sa opýtať? Keďže je matka chorá, musím sa o seba postarať sama. Poď, Gracie," pomyslel si. "Určite musím nájsť niečo v kuchyni." Keď si to pomyslí, otvorí chladničku.

"Ó nie! Chladnička je prázdna. Ako je to možné?" Bol prekvapený a tiež smutný. Nevzdal sa a ďalej prehľadával každý regál a kontajner. A jeho úsilie nebolo márne. Niečo tam bolo. "Mám niečo, čo stojí za to jesť?" Otvoril nádobu a ochutnal niečo, čo vyzeralo ako soľ.

"Ó áno... Je to najchutnejšie." Bola to nádoba naplnená glukózou. Sedel pri nádobe a lyžičke a naozaj si užíval jedenie.

Teraz sa stalo každodennou rutinou kŕmiť sa glukózou, pretože jeho matka jej skladovala veľké množstvo. Za pár dní sa zásoby postupne míňali. Úbohá Gracie sa potom ocitne v rozpakoch. Vždy, keď bol hladný, nemohol nájsť nič na jedenie. Pravidelne chodil do kuchyne a prehrabával sa vo všetkých krabiciach. Nič viac som však nenašiel.

 V kuchyni je potrebné uložiť veľa vecí, pretože pre pracujúcu matku je veľmi ťažké každú chvíľu odbehnúť na trh.

Jedného dňa potrebovala glukózovú vodu aj jeho matka. Požiadala svojho syna Gracie, aby to priniesol. Ten však odmietol. Keď sama vošla do kuchyne a snažila sa nájsť nádoby s glukózou, nenašla ani zrnko.

„Gracie, Gracie, poď sem! Bolo tu uložené množstvo glukózy. Kde je teraz?"

„Všetko som to zjedol, mami. Bol som veľmi hladný."

„Dobre. Ale musí tam niečo zostať. Hľadaj a prines nejaké aj pre mňa.“

"Nie, mami. Nič nezostalo. Všade som starostlivo hľadal."

„Synu, boli tam dosť veľké zásoby. Šesť nádob po jednom kilograme. Ako si mohol zjesť toľko glukózy?"

Potom sa Gracie stala matkou. Len sklonil hlavu. Matka sa pozrie na svoju dcéru, ktorá tiež stojí neďaleko. Usmiala sa. Mamin hnev sa vyparil a nemohla naňho kričať, no smiala sa na jeho nevinnej tvári.

„Bol to chlieb s maslom? Kto jedáva glukózu v takom veľkom množstve? A keď to bolo hotové, prečo si mi to nepovedal? Teraz už chápem, čo sa ti stalo. Prečo v týchto dňoch priberáte? Mal by si jesť ovocie."

„Mami, nepriniesla si žiadne ovocie. Čo môžem urobiť? Bol som naozaj veľmi hladný. Hovoríš mi, čo som mal jesť?"

"Ach, mohol si ísť sám na trh a kúpiť si nejaké ovocie, nie?" Potom svojho syna láskyplne objal a povedal: „Poď so mnou. Pôjdeme na trh kúpiť nejaké základné potreby. Dozviete sa tiež, ako chodiť na nákupy, aby ste sa mohli postarať o mamu, keď je chorá a sama nie hladovať.“

Potom sa všetci traja vybrali na trh a veľa nakupovali. Priniesli základné potreby, ryžu, strukoviny a cukor. Potom si kúpili čokoládu, zmrzlinu a ovocie. Spokojní sa vrátili domov. Gracie sa teraz cítila veľmi šťastná.

Tajomstvo víťazstva

Prsty mu skĺznu

nepretržite na obrazovke mobilného telefónu. Cítil sa ako kráľ a

dynastie. Kráľ nielen svojím menom, ale aj kráľovským spôsobom života a robenia, čo chce, urobil z chlapca menom Raja skutočného kráľa či princa.

Raja bol pätnásťročný chlapec. Rozmaznávaním si vypestoval zlé návyky a stal sa z neho lenivý chlapec.

Mal vo zvyku vstávať neskoro ráno. Hneď ako sa zobudil, automaticky zdvihol mobil a začal v ňom listovať. Hral videohry alebo sa rozprával so svojimi priateľmi. Vlastne akoby si vypestoval závislosť na mobiloch. Smartfón bol ako rýchly priateľ, s ktorým chcel zostať navždy.

„Raja, ó, Raja? Kde si?" skríkla matka, keď jej smartfón položili na stôl v izbe.

„Som prekvapený. Ako je izolovaný telefón môjho dieťaťa? Mal by byť zaneprázdnený v kúpeľni a nikde inde." Matka bola znepokojená.

Mala pravdu. Raja bola v kúpeľni. Keď otvoril dvere, vošiel do kuchyne a požiadal o pohár vody.

"Ach, Raja Sahib prišiel." Sluhovia tam musia byť, aby mu slúžili." posmieva sa.

Raja neodpovedal. Vie, že jeho matka sa hnevá. Vezme pohár, naplní ho vodou a napije sa. Teraz je spokojný.

Vrátil sa do svojej izby a opäť si ľahol na posteľ. Po chvíli ležania zobral mobil späť do ruky a začal hrať. Strávil pri tom celý deň a nič iné si nepýtal.

Teraz je popoludnie. Zavolala mu matka.

„Raja, ó, Raja. Poďte von a pridajte sa k nám pri jedálenskom stole."

"Nie, je mi tu dobre."

„Dáš sa dnes postiť? Inak choďte von a zjedzte nejaké jedlo." dodala.

Raja však nepočúval. Vždy bol na svojom telefóne.

Aj keď sa cítil unavený a hladný. Ani potom nechcel opustiť svoju izbu. Pár minút sedel so zatvorenými očami a oprel sa o vankúš. Bol hladný. Cítil aj miernu bolesť v očiach z pohľadu na obrazovku svojho mobilu. Prerušil hru, ktorú hral. Vedel, že sa jeho matka objaví s tanierom plným chutného jedla. A stalo sa to isté. Vychutnával si chuť horúceho jedla.

Teraz je čas spať. Na krátku chvíľu zavrie oči. Mobil v ruke, spí. Keď ho mama videla spať v tejto polohe, zobrala mu smartfón z rúk a nechala ho pohodlne spať.

Kvôli jeho nedbanlivosti a neustálemu pozeraniu na obrazovku telefónu Rajov ( ) zrak zoslabol a väčšinu času začal pociťovať bolesti hlavy. Problém sa pred jeho rodičmi nedal utajiť a zistili, že je potrebné poradiť sa s oftalmológom. Lekár urobil Rajovi očný test a odporučil mu nosiť vhodné okuliare. Hovorí sa, že čas a príliv na nikoho nečakajú. Pomaly plynie čas a prichádza semestrálna skúška.

V skutočnosti Raja nebola v škole usilovná. Väčšinu hodín vynechal kvôli závislosti na smartfónoch. Hneď ako sa Raja dozvedel o cestovnej mape od jedného z jeho priateľov, začal sa báť. Na druhý deň išiel do školy na pravidelné vyučovanie.

„Teraz, Raja, čo budeš robiť? Skončíme s veľmi krátkym časovým úsekom a zdá sa, že pokrýva celé učivo. Začal sa rozprávať sám so sebou. V skutočnosti bol znepokojený a uvedomil si svoju chybu, že strácal čas. Teraz je pred ním veľký cieľ a on nevie, čo má v tejto chvíli robiť. Štúdium nikdy nebral vážne. A kamarátstvo s mobilom mu robilo problém. Tak či onak, nie je pripravený vzdať sa. Rozhodne sa tvrdo pracovať a vyhrať bitku. Nebol si príliš istý, ale sľúbil si, že sa polepší. Pomáhali mu v tom jeho priatelia a učitelia. Rýchlo sa mu podarilo dokončiť všetky svoje hodiny a domáce úlohy a ukázal ich príslušným učiteľom. Potom si musel všetko dôkladne naštudovať a zapamätať. Pre množstvo rozvrhu a nedostatok času Raja nemohla ani poriadne spať.

V deň svojej prvej skúšky prišiel do skúšobne a posadil sa. Modlil sa k Bohu a na chvíľu zavrel oči. Keď sa mu na stole objavil dotazník, na chvíľu takmer omdlel, pretože si nevedel spomenúť, čo sa doma naučil a naučil. Všetky odpovede na otázky sa mu miešajú v mysli. Každopádne, musel niečo napísať, pretože nemohol nechať hárok s odpoveďami prázdny. Väčšinu odpovedí napísal nesprávne. Po odovzdaní odpoveďového hárku dozorcovi sa vrátil domov. Cítil sa veľmi smutný. Svoju pozíciu by si vedel predstaviť aj na blížiacich sa skúškach. Bez ohľadu na to musel urobiť maximum na svojej úrovni. Na konci skúšky sa cítil uvoľnene. V deň vyhlásenia výsledkov skúšky získal Raja menej známok, ako očakával. Jeho rodičia tiež neboli spokojní s jeho výkonom.

O niekoľko mesiacov neskôr sa Raja musel dostaviť na svoje predstavenstvo. Rajovi rodičia sa rozhodli pomôcť mu so štúdiom, pretože si mysleli, že bez ich pomoci by to nezvládol.

Jedného dňa mu zavolal Rajov otec, aby mu povedal o svojich štúdiách?

Povedal: „Syn môj, ako si videl svoje strednodobé výsledky, aké sú stratégie, ktoré si naplánoval na úspešné absolvovanie maturitných a maturitných skúšok? Museli ste na to myslieť? Je teraz vhodný čas na to, aby som s tebou o týchto veciach hovoril?"

Raja nedokázal odpovedať. Ostal ticho. Uvedomil si tiež svoje minulé chyby a potrebu tvrdo a plánovane pracovať aj v budúcnosti.

„Čo ste dosiahli tým, že ste trávili čas s týmto smartfónom? Tomuto zariadeniu ste zasvätili svoju budúcnosť. Teraz choď a zostaň tam."

"Nie, otec." Viem, že som sa mýlil."

"Tak čo si sa rozhodol pre budúcnosť?"

„Už sa nebudem držať tohto smartfónu. Ak to urobím, zlyhám. A nie som pripravený radovať sa z tohto zlyhania. Preto som sa rozhodol vložiť všetko svoje úsilie do štúdia. Urobím si rozvrh a budem sa ho držať. Prosím, odpusť mi, otec, moje minulé chyby."

Rajovu hrdosť prebudilo vypočutie otcových slov. Povedal mi: „Ocko, sľubujem ti, že sa budem usilovne učiť a dokážem svoju dokonalosť na kontrolných skúškach. Prosím, požehnaj ma a veď aj mňa.

"Raja, nič nie je nemožné na tomto svete." Keď sa už rozhodnete vyhrať, je to dobrá voľba. Potom ide o to mať plán a držať sa ho. Vaše úprimné úsilie je nevyhnutné. Moje požehnania sú vždy s vami."

Raja od toho dňa zmenil svoje zvyky. Stanovil si pevný harmonogram, ktorý mal nasledovať. Málo času trávi zábavou a už vôbec nie videohrami. Smartfón používal aj na štúdium. Raja sa takto pripravoval na skúšky s veľkým nasadením. Keď išiel do vyšetrovne, vôbec sa nebál. Tentoraz to urobil dobre a na väčšinu otázok odpovedal správne.

Všetci žiaci netrpezlivo očakávali výsledky. Po vyhlásení výsledkov skúšok boli všetci ohromení. Rajova tvrdá práca sa vyplatila. Vo svojej triede získal prvé miesto. Učitelia ho potľapkajú po pleci a priatelia mu gratulujú. Rodičia Raja objali, zasypali láskou a požehnali.

V skutočnosti bol Raja od začiatku veľmi chytrý. Preto sa stal trochu neopatrným a príliš sebavedomým. Potom do jeho života vstúpil smartfón a spôsobil veľa porúch v jeho štúdiu a zdraví. Takže, milé deti, väčšinou môžete takúto situáciu v živote cítiť. V tomto prípade by ste mali vedieť, že k tvrdej práci neexistuje žiadna alternatíva. A ak budete od začiatku dôsledne investovať svoj čas do štúdia, nebudete mať pocit, že sa musíte príliš snažiť. Štúdie môžu byť veľmi zaujímavé. Môžete tiež venovať čas hrám a zábave.

Plánovanie a tvrdá práca sú skutočne tajomstvá úspechu. Raja sa tiež poučil.

Melodické tóny

Noni a Neenu boli najlepší priatelia. Obaja

boli tínedžeri vo veku

okolo pätnásť alebo šestnásť rokov. Od detstva sa spolu učili. Priateľské puto, ktoré ich spája, sa každým dňom upevňuje.

Domy, v ktorých obe dievčatá bývali, neboli až tak blízko seba. Boli ďaleko od seba a na dvoch rôznych miestach. Keďže študovali na rovnakej škole a zdieľali rovnakú triedu, mali dosť času, ktorý mohli stráviť jeden s druhým. Obe dievčatá študovali v deviatom ročníku. Obaja boli úprimní a pomáhali si pri štúdiu.

Noni bola o niečo vyššia a silnejšia, zatiaľ čo Neenu bola chudá a vyzerala obyčajne. V skutočnosti vzhľad nie je synonymom osobnosti, pretože celková osobnosť človeka je kombináciou rôznych vlastností, postojov a morálnych hodnôt. To je dôvod, prečo nemôžeme posudzovať ľudí iba na základe ich vzhľadu. Všetci vieme, že skutočné priateľstvo je dar od Boha. Šťastní ľudia sú požehnaní týmto vzácnym darom. Skutoční priatelia sa často dopĺňajú. Každý človek má chyby a nikto nie je dokonalý. Každý človek robí vo svojom živote veľa chýb. Žiadna ľudská bytosť nie je na tomto svete dokonalá. Všetci máme jednu alebo druhú chybu. Navyše, mať verných priateľov nám umožňuje cítiť sa perfektne bez toho, aby sme vynaložili nejaké zvláštne úsilie.

Priateľstvo medzi Noni a Neenu bolo takéto. Keď jedna z nich musela chýbať v škole, druhá jej pomáhala so všetkými domácimi úlohami na tento deň. Pomáhali si navzájom. Obaja teda vynikali v štúdiu.

Noni milovala hudbu. Tiež rada spievala. Vždy, keď to skúšala, mala pocit, že nevie dobre spievať. Na druhej strane Neenu trochu spieval. Jedného dňa, keď si Neenu pohmkávala melódiu, bolo toto tajomstvo odhalené jej kamarátke Noni. Oceňuje to. Cítila sa smutná, pretože jej hlas nebol veľmi dobrý a nevedela dobre spievať. Potom sa rozhodne počúvať svojho priateľa a pokúsiť sa naučiť spievať. Požiada Neenu, aby jej dal lekcie, ale samotná Neenu nie je dokonalá učiteľka. Povedala: „Prečo by sme sa o tom nemali porozprávať s rodičmi? Mohli by pre nás oboch zorganizovať hudobnú triedu, lebo aj ja sa musím veľa učiť. Nie som veľmi dobrý v hudbe."

Noni chápe, čo jej priateľ myslí. Povie mu, že nasledujúcu nedeľu pôjde do Neenuovho domu. Neenu bol šťastný. Vyrozprávala celý rozhovor, ktorý sa odohral medzi priateľmi, a tiež svoje želanie.

Deti sú veľmi nevinné stvorenia. Vo svojom vedomí sú veľmi jasné a jasné. Nie sú zvyknutí držať vo svojich srdciach zášť. Nemôžu si pomôcť, ale byť priami, pretože necítia potrebu byť iným spôsobom. Ako človek prechádza z detstva do dospievania, jednoduchosť jeho osobnosti sa začína vytrácať a vytvára okolo seba niekoľko vrstiev či masiek. Toto nazývame „svetskosť". Predstavte si, čo by sa stalo so svetom, keby všetci ľudia boli deti. Potom by nebola žiadna bitka, žiadna hádka, žiadna žiarlivosť. Každý môže zostať v láske a pokoji. Nebol by svet krajším miestom na život?

Nakoniec prišla nedeľa, keď Noni musela ísť do Neenuovho domu. Bolo okolo desiatej hodiny dopoludnia. Neenu už informovala svoju rodinu o príchode jej špeciálneho priateľa. Mama pripravila špeciálne raňajky pre vzácneho hosťa a všetci sa zhromaždili okolo jedálenského stola. Chlebové pakory boli chutné. Všetci si to užili a rozhovor. Mama povedala Noni o svojej matke a ďalších členoch rodiny. Do rozhovorov sa zapojili aj ďalší ľudia. Po raňajkách Neenu ukázal Noni po celom jej dome a potom ju odviedol späť do jej vlastnej izby.

"Noni, no tak. Pozrite sa na túto miestnosť. Je toto moja študovňa? Ako sa to stane? Posaďte sa a relaxujte. Poď. Vezmi si túto stoličku." Ukáže na jednu stoličku a druhú si vezme pre seba.

Dlho tam sedeli. Pokračovali v rozhovoroch na rôzne témy. Potom začali hrať Scrabble. Noni bola šťastná. Keď si potom zdieľali zošity, všimla si, že Neenu napísala niekoľko piesní na posledné strany svojho zápisníka. Noni sa spýtala: „Neenu, prosím, zaspievaj mi. Urobí mi to radosť.“ Keď Neenu spievala pieseň, bola potešená, že počula jej melodický hlas. Večer, po hraní a hromade zábavy, chcela Noni ísť domov. So všetkými sa rozlúčila a odišla.

Noni doma začína denne naliehať na mamu, že sa chce naučiť aj vokálnu hudbu. Nápad sa mu páči tiež. Jej matka už uvažovala o tom, že by dcére formálne zaviedla hudobné vzdelanie. Rodičia dvoch mladých dievčat preto prehovorili na túto tému. V meste bola hudobná škola. Dve kamarátky, Neenu a Noni, tam získali klasické hudobné vzdelanie. Spev museli trénovať aj doma. Za pár mesiacov sa naučili základy hudby. Zakaždým, keď spolu spievali, prostredie sa rozveselilo ich sladkými melodickými hlasmi. Všetci boli doma aj v škole spokojní a ocenili snahu oboch dievčat.

Babička a Amiška

Babička, ach moja drahá babička, kde si? Hľadám ťa už dlho všade? Hráš sa so mnou na schovávačku?" Desaťročné dievčatko Amisha pobehovalo okolo jej domu. Počas chôdze vidí svoju babičku sedieť v modlitebni. Povedala si: "Nebolo by lepšie chvíľu počkať, ako ju ísť vyrušovať pri jej modlitbách?" A malá Amisha stála obďaleč. Nemohla však čakať dlhšie ako pár minút. Priblížila sa k babke a začala ju trápiť.

„Ach, Amisha, to si ty. Môžem ťa kedykoľvek identifikovať, dokonca aj so zatvorenými očami. Oh ! No tak, neposlušná bábika. Nechaj ma prvý. Až potom budem môcť počúvať, čo mi hovoríš," povedala mu babička. Malá Amisha bola trochu nezbedná. Väčšinu času chcela, aby sa s ňou niekto hral. Doma bola babička jej najlepšou kamarátkou. Vždy sa snažila zostať s ňou. Buď sa veľa rozprávali, alebo malá chcela rozprávať rozprávky, riekanky alebo svoje zážitky zo školy. Občas bola zvedavá počúvať babkine príbehy.

Aké krásne veci Boh stvoril. Priateľstvo mladých a starých. Obaja si užívajú spoločnosť toho druhého, pretože to najviac potrebujú. Malé stvorenia majú vždy čo povedať a zdieľať so svojimi blízkymi. Starí rodičia si vedia poradiť so všetkým, čo tí mladší radi robia. Rovnako to bolo aj s babkou a Amišou, jej vnučkou.

Po skončení modlitieb potrebovala babka oporu, aby vstala. Podopiera Amishine ruky, vstáva a odchádza z modlitebne.

Amisha sa veľa hrala so svojou babičkou. Len čo videla, ako má babička chvíľu voľna, začala sa s ňou rozprávať. Nielenže sa s ňou hrala, ale zdieľala s ňou aj všetky udalosti jej dňa. Všetky príbehy z jej školy a všetko ostatné, mala v hlave. Jej rodičia pracovali v slobodnom povolaní a nemali voľný čas venovať sa svojej dcére. Jeho starý otec bol vždy zaneprázdnený čítaním novín alebo pozeraním televízie. Aj on sa občas rád hrá s tým najroztomilejším stvorením v dome.

Takže duo babičky a Amisha boli veľmi blízko a fungovali dobre. Vždy, keď mali čas, skúšali niečo nové.

Babička sedí na pohovke vo vstupnej hale.   Amisha tiež prišla a padla mu na kolená. Objala svoju vnučku a prinútila ju sadnúť si vedľa nej. Potom sa jej spýtala, čo chce počas modlitieb povedať.

"Babka, čo si tam robila?"

"Modlil som sa k Bohu."

„Prečo sa modlíš k Mae?

"Modlím sa za tvoje blaho a za blaho všetkých."

„Je potrebné, aby sa každý denne modlil?

"Áno, moja drahá." Každý by sa mal modliť aspoň raz alebo dvakrát denne.“

„Počuje nás Boh?

„Áno, Boh počuje naše modlitby a odpovedá na ne.

„Ak sa nebudem modliť, potrestá ma Boh?

„Nie, Boh nás všetkých miluje. Prečo nás bude bezdôvodne trestať?"

„Babka, niektorí hovoria, že Boh nás trestá. Nie je to pravda?"

„V skutočnosti Boh miluje iba nás. Sme potrestaní za vlastné chyby. Nepotrestá ťa tvoj učiteľ zakaždým, keď na hodine urobíš nejakú hlúposť?"

"Áno, robí."

"Nemiluje ťa?"

"Ó stará mama, ona ma miluje najviac."

„Môj drahý, s Bohom je to rovnaké. Teraz si to pamätáš. Sme potrestaní za naše zlé skutky. Je to Božia láska a starostlivosť, ktorá nás živí a robí nás dostatočne múdrymi, aby sme robili správne veci v správnom čase, ako aj skutky láskavosti."

"Och! babička. Si moja najmilšia babička. Aj ja sa budem odteraz modliť k Bohu, aby som bol múdrejší ako dnes. nie?"

„Je to pravda, dieťa moje. To je absolútne správne." A objala Amisha.

„Babka, počul som, že o niečo prosíš Boha. Môžete mi povedať, čo to je?"

"Prečo nie? určite vám to poviem. Prosil som Boha, aby inšpiroval moju vnučku, aby mi dnes pripravila čaj."

„Ja, babička? Si robíš srandu? Ako ti môžem pripraviť čaj, kým nebudem vedieť, ako sa pripravuje?" pýta sa prekvapene Amisha.

„Poď, bábika moja. Nie je potrebné sa obávať. Prejdime najprv do kuchyne. Potom ťa naučím, ako si pripraviť šálku čaju."

"Babka, môžem sa to naučiť aj na YouTube."

„Samozrejme, že všetko sa môžeš naučiť na YouTube, ale rád by si sa to naučil odo mňa, pretože som práve teraz s tebou. Keď pripravíte čaj, postarám sa o vás. Zatiaľ, keďže si príliš malý, je nevyhnutné, aby som bol s tebou. Ani nevieš, ako správne používať plyn a panvicu."

Amisha váha. Všetky práce v kuchyni chcela robiť sama a po svojom. Mala veľkú dôveru v seba a svoje skúsenosti na YouTube. Naproti tomu jej stará mama mala vieru vo vlastné životné skúsenosti.

Tak sa rozhodlo, že babička a Amisha si uvaria čaj a zamierili do kuchyne.

Izolovaná sprcha

Kedysi dávno v meste zvanom Rampur žili dvaja priatelia Leelavati a Kalavati. Obe ženy boli susedky a blízke priateľky. O ženách koluje povesť: kedykoľvek sa stretnú, priveľa rozprávajú a ťažiskom ich rozhovoru je kritika iných. Hoci sú to fámy, niekedy im ľudia začnú veriť bez toho, aby o tom vedeli. Mali by sme vedieť, že kritizovať druhých bezdôvodne nie je dobrý zvyk.  U niektorých ľudí sa choroba vyvíja pomaly, aj keď si to neuvedomujú.

Správanie týchto dvoch priateľov bolo v rozpore s týmto. Nikdy neradi ohovárali iných. Milovali vzájomné zdieľanie svojich radostí a trápení alebo sa sústredili na riešenie skutočného problému. Keď nemali nič iné na práci, žartovali a srdečne sa smiali.

Kalavatiho manžel pracoval ako bankový úradník, zatiaľ čo manžel Leelavati bol zlatník. Obaja mali deti v škole. Vždy, keď mali voľný čas, stretávali sa doma. Čas plynie takto. Ani jednému sa nepáčilo mrhanie voľným časom na pokec a tak začali plánovať niečo nové a kreatívne. Hľadali nápad, ktorý by mohli zrealizovať. To by im dalo prácu a peniaze. Spoločná práca bude pre nich potešením. Aj keď to nebola ľahká práca. Vytvorenie a rozvoj nového podniku si vyžaduje náležitú pozornosť, čas, znalosti a odhodlanie.

Nemuseli však zarábať peniaze, keďže financie domácnosti boli úplne postačujúce na to, aby vyžili. Už vtedy chceli byť produktívnejší ako boli. Urobilo by to radosť im aj ich rodinám. Pred nimi bola otázka, čo budú robiť a aký biznis začnú.

Jedného dňa zažil trh so zlatom pokles. To malo negatívny vplyv na podnikanie Leelinho manžela. Aj keď trh z času na čas zažíva vzostupy a pády. A nebol to trvalý problém.

„Je dobrý čas začať nový biznis," pomyslela si Leela.

„Kala, sestra moja, počúvaj ma. Mám v hlave nápad. Dúfam, že sa páči aj vám." Leela sa o svoj názor podelila so svojou kamarátkou.

„Možno. Daj mi vedieť niečo podrobnejšie." odpovedal Kala.

"Nemali by sme začať s vlastným podnikaním?"

„Samozrejme. Je to skvelý nápad.

„Povedzte mi, aký typ podnikania by sme mali začať? Mali by sme obaja spolupracovať?"

"Áno, nepochybne," povedal Kalavati.

„Čo nám vyhovuje? Myslím tým start-up, v ktorom potrebujeme minimálnu pomoc od ostatných členov našej rodiny."

„Počúvaj, sestra Leela. Začnime podnikať s kyslou uhorkou a otcom. Na začiatok si obe pripravíme tieto produkty. Keď bude podnik rásť, budeme pridávať ďalších pracovníkov, ktorí nám pomôžu." Kalavati hovorí nadšene.

"Áno, to znie dobre." Leele sa jeho nápad páčil.

Tiež sa naučíme, ako používať nové techniky na rozvoj našich aktivít." pokračoval Kalavati.

Nakoniec bola myšlienka schválená a realizovaná v praxi. Obaja si zapísali suroviny a kúpili ich v potravinách. Priniesli strukoviny, koreniny a pracovné listy pre oteckov pri výrobe a sušení. Priniesli veľa zeleniny ako mrkvu, karfiol, čili papričky, egreše, reďkovky a mnohé ďalšie na výrobu uhoriek. Zakúpili nádoby na skladovanie a balenie výrobkov.

Dvaja kamaráti teda každý deň tvrdo pracovali a produkty starostlivo pripravovali. Nadviazali kontakty s obchodníkmi pripravenými pravidelne predávať a propagovať svoje produkty. Keď dosiahli prvé víťazstvo, boli veľmi šťastní. Ich prácu ocenili aj ich rodinní príslušníci. Boli tiež hrdí. Zatiaľ čo sa všetci zhromaždili, aby oslávili svoj prvý úspech, ich deti im dali radu: „Mami, prečo nepredávať svoje produkty online?"

"Nevieme o týchto veciach. Obidve matky sa zhovárajú.

„To bude ľahké, mami. Teta, my deti vám v tejto veci pomôžeme. Existuje veľké množstvo internetových nákupných stránok, kde rôzni predajcovia ponúkajú svoje produkty. Úloha nebude pre vás náročná. Vytvorte si účet predajcu a predávajte svoje produkty pod menami „Leela Kala Papad" a „Leela Kala Pickles". O pár mesiacov si ľudia vaše produkty obľúbia. Neváhajte sa preto učiť nové veci. Ste naše odvážne matky. Veľmi vám pomôžeme. Nie sme vaše deti?" hovoria deti.

"Skvelý nápad! Takže čoskoro budeme slávni. nie?" Leelavati a Kalavati sa spolu rozprávajú. Všetci prítomní potom zatlieskali.

„Je to pravda. Naozaj to nie je vtip," povedali deti.

"Dobre, skúsme." Dvaja priatelia odpovedali. Boli odhodlaní.

Vtedy sa to stalo. Všetci spolupracovali. Predaj a produkcia rástli zo dňa na deň, čo firme pomohlo zvýšiť zisk. Ich podnikanie začalo žiariť na trhu. Dnes sa Leela Kala stala známou značkou. Je to výsledok dobrej vôle a spoločného úsilia všetkých.

Bolo horúce letné popoludnie. Po oblohe sa rozprestierali mraky.

„Dnes nebudeme môcť robiť oteckov a kyslé uhorky. Poďme sa teda dnes trochu pobaviť. Niekedy by sme si mali dať pauzu," pomyslela si Kalavatiová a zavolala Leelavati do telefónu: „Sestra Leela! Poď sem rýchlo."

„Čo sa stalo, moja drahá? Všetko je v poriadku?"

„Si prvý. Je tu pre teba prekvapenie."

"Och! Nie Povedz mi, prosím. určite prídem. Hneď ako dokončím svoju úlohu, predstúpim pred teba."

„Tak počúvaj, sestra. Pozrite sa na oblohu. Je to tak krásne. Nebolo by dobré dať si spolu čaj a občerstvenie? ste vítaní. Príďte bez meškania. Idem do kuchyne urobiť pakory a čaj."

„Je to dobrý nápad. Začalo mi slziť ústa. O pár minút som tam s lahodným chutney z mäty a koriandra." odpovedala Leela a zložila. Potom sa pustila do prípravy omáčky. Trvalo len desať minút, kým bola omáčka hotová. Leela naliala obsah do sklenenej misky a držiac ju v rukách kráčala na miesto konania párty. Všetci na to netrpezlivo čakajú.

"Poď Leela. Oh ! je to velmi pekne. Jeho chuť je príjemná. Sadni si a daj si tanier." povedal Kalavati.

Každý si začal podávať jedlo na vlastný tanier. Kala všetkým podávala čaj. Všetkým chutilo občerstvenie, čaj a vzájomná spoločnosť, ako aj pekné počasie.

Vonkajší pohľad bol viditeľný z okna. Počasie bolo príjemné a pofukoval studený vetrík. Po chvíli začalo pršať. Na začiatku bola ojedinelá sprcha. Zrazu začalo husto pršať. Rastliny a stromy vyzerali šťastne a dávali najavo svoje potešenie pohybom svojich konárov ako rukami. Celé prostredie sa stalo veľmi živým. Po občerstvení si ľudia sviežosť veľmi užili. Dvaja kamaráti sa začnú rozprávať a deti sú zaneprázdnené hraním hier. Keď prestalo pršať, na oblohe sa objavila nádherná dúha.

Odvážne dievča

Bolo raz jedno mesto, ktoré sa volalo Sitapur. Mladé dievča menom Bawri žilo so svojimi rodičmi. Tento príbeh sa odohral v čase, keď rodičia neboli veľmi opatrní pri výbere mien svojich detí. Svoje deti oslovovali menami, ktoré sa im páčili. Slovo „Bawri" v hindčine znamená „bláznivý", ale dievča v príbehu bolo presným opakom. Keď príde reč na meno,  väčšinou si ľudia zvyknú volať človeka týmto menom bez toho, aby sa niekto zamyslel nad jeho významom. To je aj prípad inteligentného dievčaťa Bawri. Ani vtedy nebola spokojná so svojím menom. Vždy premýšľala, čo by sa stalo, keby aj ona mala pekné meno ako jej kamarátky Uma, Rama alebo Tina. Zakaždým, keď niekto zavolal jej meno, cítila sa smutná, pretože sa jej nepáčilo jej meno. Ale je bezmocná. Ako si mohla zmeniť meno, keď to meno je večné.

Jedného dňa, keď sedela blízko svojej matky, videla, že jej dcéra má slzy v očiach.

„Bawri, plačeš? prečo plačeš? Čo moju dcéru mrzelo? Prosím, dajte mi vedieť váš problém. Vyskytol sa problém?"

"Nie, mami. Nič nové. Nie je to až také dôležité. som v poriadku"

„Nie, máš dôvod sa znepokojovať. Je nevyhnutné, aby ste to povedali aspoň svojej matke. Nemôžeš predo mnou nič skrývať." Keď jej matka trvá na tom, aby povedala pravdu, musí prehovoriť.

Matka bola prekvapená, keď sa dozvedela, že meno jej dcéry sa pre ňu stalo problémom. Snažila sa ju uspokojiť slovami: „Drahá, niektoré problémy, ktorým čelíme, nie sú skutočné, ale vymyslené. To isté platí aj pre vašu. Nemali by ste sa cítiť nepríjemne so svojím menom. Nikto sa nad tým nezamýšľa. Meno nie je tvoje. Je to len nástroj používaný na zavolanie. Mená nedefinujú osobu. Osoba vo vás je identifikovaná vašimi vnútornými kvalitami a činmi, ktoré ste vykonali. Nemusíte sa toho báť. Ľudia si z mena robia srandu. Ospravedlňujeme sa však, ak vám to spôsobilo nejaké nepríjemnosti. Nikdy by ma nenapadlo, že sa to niekedy stane."

Bawri pozorne počúva svoju matku. Prestala plakať.

Jeho matka ho potom začala volať Sanvari. Príliš ju milovala, pretože bola jej dcérou. Bolo to pekné dievča. Bola tiež veľmi múdra a inteligentná. Vždy, keď sa vyskytol nejaký problém, použila svoj bystrý mozog, aby ho čo najrýchlejšie vyriešila. Pomaly prestala myslieť na jeho meno a zamerala svoju pozornosť na štúdium a prácu.

Bolo to mladé dievča. Malé deti rastú rýchlejšie. Aj ona rástla ako divý vinič. Vyvinula sa z nej veselá osobnosť. Vždy bola zaneprázdnená čítaním, hraním a učením sa niečoho nového alebo kreatívneho.

V skutočnosti bol dom jeho rodičov miestom detského chaosu a vzrušenia. Či už je to divoká liana alebo vinič života, bude prosperovať a prekvitať. Svojím sladkým hlasom rozveselila každého. Keď jej mama dáva domáce práce, nemá to rada. Mala problémy s smiechom a chcelo sa jej plakať.

Bawriho matka nedostala veľa formálneho vzdelania. Už vtedy vedela, aké dôležité je vzdelanie. Nechcela, aby jej dcéra strácala svoj drahocenný čas v kuchyni a bola v nej neporiadok. Potrebuje čas aj na učenie. Ale kvôli pracovnému vyťaženiu doma býva matka niekedy unavená. Potom, keď to bolo potrebné, zavolala svoju dcéru na pomoc, aj keď neochotne.

Takto prešlo niekoľko rokov. Sanvari absolvoval strednú školu s vynikajúcimi známkami a potom si zabezpečil prvé miesto na strednej škole. Teraz, keď sa presťahovala do 11. ročníka v oblasti vedy, zistila, že štúdium vedy je výzvou. S dovolením rodičov sa začala čoraz viac venovať štúdiu.

Čas má krídla. Čas letí, keď si šťastný. Bawri, jediné dieťa svojich rodičov, bolo zrenicou ich očí. O svoje dieťa sa postarali najlepším možným spôsobom. Vždy, keď o niečo požiadala, pomerne často sa jej snažili vyhovieť. Bawri bol tiež celkom múdry a poznal hranice. Pocit rešpektu mala aj voči rodičom. Bol to spokojný človek, ktorý nemal žiadne zbytočné túžby.

Bawri časom vyrástol. Jeho myseľ neovplyvnili zmeny počasia. Sústredila sa výlučne na štúdium a budovanie kariéry. Vďaka tomuto odhodlaniu Bawri úspešne zložila 12. ročník skúšok a bola prijatá do programu Bachelor of Science.

Bawriho otec, Ramnath Ji, mal veľký dom, kde býval so svojou rodinou. Dom bol zakončený veľkou otvorenou terasou. Prvé poschodie domu pozostáva z troch častí. Jedna časť obsahovala spálne, druhá kuchyňa a priestranný dvor. Tretia časť bola záhrada so sviežim zeleným trávnikom a rôznymi rastlinami a stromami.

Z času na čas sa k nej chodil učiť jej priateľ Ráma a niekedy Bawri chodil do Rámovho domu. Väčšinu času sa však učila doma.

Počas leta rodina často chodila na strechu užívať si čerstvý vzduch a občas tam aj prespávala. V tom čase boli niekoľkohodinové výpadky elektriny bežné. Aby sa predišlo nepríjemnostiam spojeným s horúčavou v čase odpočinku, ľudia sa vybrali na strechy alebo sa vybrali spať na nádvorí.

Bola letná noc. Bawri študoval na streche a nakoniec zaspal. Dole na dvore spí jeho otec. Je po polnoci a všetci spali. Bawri tiež spal. Vtedy bolo bežné chodiť spať okolo deviatej či desiatej.

Počas spánku Bawri pocítil smäd. Zobudila sa a chcela ísť dole do kuchyne po vodu. Všíma si tiene pohybujúce sa sem a tam po stene. Trochu sa bála.

„Čo sa hýbe na zábradlí? Stojí tam niekto? Oh ! Áno, je tam zlodej. Vidím to jasne."

Zlodej išiel po zábradlí. Bola tmavá noc a on sa to snažil využiť. Jeho srdce je o preteky.

"Och! Vidím," zvolá vnútorný hlas. čo potom robiť? Jeho mozog beží.

"Prečo sa bojím. Niet sa čoho báť. Zlodej je odo mňa vždy ďaleko. Nedostane sa ku mne za pár sekúnd. Mal by som hneď kričať, aby som zobudil otca." Rozhodla sa. Bez meškania hlasným plačom zobudí svojho otca, ktorý ešte spí na dvore.

„Ocko, ocko! Pozri sa tam... je tam zlodej!" Bawri by mohol povedať. Keď jeho otec počul jeho hlas, okamžite sa zobudil.

„Bawri, kde? Kde je zlodej?" pýta sa Bawriho otec.

"Ocko, pozri sa tam," povedal Bawri a ukázal na zábradlie.

„Ale čo je to? Kde je teraz zlodej? Momentálne to nevidím. Pred chvíľou tu bol." povedal Bawri. Bola taká prekvapená, ako zlodej náhle zmizol. Kvôli rozruchu a strachu z prichytenia musel zlodej preskočiť plot, aby ušiel.

Bawri potom ide dole schodmi. Jej otec mal veľkú radosť zo statočnosti svojej dcéry. Ak by ho nezobudila včas, zlodej sa mohol vlámať do ich domu. Všetci v dome sa zobudili. Jej matka ju tiež zasypala láskou a náklonnosťou k statočnej dcére tým, že ju ocenila.

„Moja dcéra Bawri je najodvážnejšia. Odviedli ste skvelú prácu.

Bawri bola veľmi šťastná a hrdá na seba. Bawri bola vtedy tiež hrdá na svoje meno.

Krajina víl

Sarang bol rozkošný a šťastný malý chlapec. Mal len rok a pol. Bol veľmi aktívnym dieťaťom. Zvykol sa oddávať šibalským činnostiam počas celého dňa. Vždy sa snažil kopírovať aktivity všetkých. Matku napodobňuje tak, že predstiera zametanie. Rovnako ako jeho otec, aj on by si zobral kefku na holenie a správal sa, akoby sa holil presne ako on. Veľmi ho to bavilo. Na jeho vtipných počinoch sa zabávali aj všetci v rodine. V tom čase mu matka Saranga darovala rôzne hračky a snažila sa ho zapojiť do hier. Ale deti sú deti. Keď sú im k dispozícii hračky, nechcú sa ich ani dotknúť. Radi sa správajú ako starší. To je dôvod, prečo kopírujú svoje činy a spôsob, akým sedia, stoja, hovoria a dokonca aj jedia. Niekedy sa stávajú tým najjednoduchším zdrojom zábavy pre každého. Rovnako to bolo aj s malým dieťaťom Sarangom.

Keď vyrastal, jeho rodičia sa ho snažili naučiť každý deň niečo nové. Dokonca mu recitujú malé básničky. Sarang ich len opakuje podľa hlasu svojej matky. Učí sa správne rozprávať. Každý deň sa učí nové slová. Hoci nedokázal správne vysloviť každé slovo, stále to skúšal. Všetky jeho činy robili jeho rodičom veľkú radosť. Celý deň trávi recitovaním básničiek, ktoré sa naučil, presúvajúc sa z jedného kúta domu do druhého. Keď Sarang trochu podrastie, rád počúva mamine príbehy. Niekoľko sa aj naučil.

Sarang mal vo svojom okolí veľa priateľov. Nie každý bol v jeho vekovej kategórii. Väčšina z nich bola o niečo staršia ako on. Už vtedy chceli všetci hrať so Sarangom. Sarang bol zrenicou ich očí. Medzi týmito deťmi bolo aj dievča menom Hina. Saranga považuje za svojho brata a on je ten, koho najviac miluje. Chce sa hrať so Sarangom celý deň. Hrali buď v Sarangovom dome, alebo u nej doma. Často trvala na tom, že vezme Saranga domov. Sarang si tiež užíva jeho spoločnosť. Na Hininu naliehavú žiadosť mu matka Saranga dovolí ísť do jej domu. Hina bola malé šesťročné dievčatko. Úlohu svojej staršej sestry zahrala veľmi dobre. S láskou volala Saranga „Mogli". Aj Hina matka sa o Saranga starala ako o jej vlastného syna. Takže vo veku štyroch rokov Sarang trávil čas hraním a stal sa inteligentným.

Jedného dňa mu otec Sarangovi priniesol zvukovú knihu. Bola to audiokniha rozprávok. Sarang sa veľmi zaujímal o čítanie a počúvanie príbehov. Čítal audioknihu a počúval všetky rozprávky. Počúval ich nepretržite niekoľko dní. Robilo mu to radosť. Každý deň počúval rozprávky a mal z nich veľkú radosť.

Jedného dňa sa Sarangovi snívalo o vílach. Kráľovná víl prišla do jeho domu, aby sa s ním stretla. Vezme ho so sebou do rozprávkovej krajiny. Pohyboval sa tam všetkými smermi. Videl tam rôzne druhy víl. Mal pocit, že sa vznášajú vo vzduchu z jedného miesta na druhé. Zakaždým, keď sa chcel niečo opýtať kráľovnej víl, naznačila mu, aby bol ticho. Najprv Sarang videl dve víly, Hrôzostrašnú vílu a Nahnevanú vílu. Kráľovná víl pevne chytí Saranga za ruku a vezme ho od nich preč. Tam stretol veľa dobrosrdečných víl.

Kráľovná víl povedala chlapcovi: „Sarang, pozri. Všetky sú dobré víly. Naozaj pomáhajú všetkým, ktorí konajú ušľachtilé skutky."

Sarang sa veľmi rád túlal sem a tam po rozprávkovej krajine. Nikdy predtým nebol v krajine rozprávok. Spýtal sa kráľovnej rozprávok: "Môžem zostať navždy tu v krajine rozprávok?"

Keď to rozprávková kráľovná počula, usmiala sa a odpovedala: „Nie, Sarang, moja drahá. Nemôžeš tu zostať. Rozprávková krajina nie je stvorená pre ľudí. Je to len miesto víl."

Sarang sa vtedy cítil smutný. Veľmi túžil zostať v krajine rozprávok. Kráľovná víl, keď videla, že je rozrušený, mu povedala: „Nebuď smutný, Sarang. Kedykoľvek budeš chcieť, môžeš znova navštíviť rozprávkovú krajinu."

Sarang to veľmi rád počuje. Kráľovná rozprávok pokračovala: „Ak všetci ľudia začnú žiť v rozprávkovej krajine, bude preľudnená a s najväčšou pravdepodobnosťou sa zvýši počet hrôzostrašných a nahnevaných víl. Vtedy by tu nikto nechcel bývať. Dobré víly by chceli z tohto miesta ujsť." Sarang je veľmi prekvapený. Kráľovná rozprávok mávne prútikom vo vzduchu a požiada Saranga, aby si niečo prial.

Sarang sa chce stať rozprávačom. Touto výsadou ho požehnala kráľovná víl.

Sarang vyjadril túžbu opäť navštíviť krajinu víl. Tentoraz kráľovná víl nepovedala nič. Usmeje sa a prútikom sa jemne dotkne Sarangovej hlavy. Sarang mal pocit, že sa zrúti na zem. Keď otvorí oči, uvedomí si, že sníval o rozprávkovej krajine. S radosťou spomínal na všetko, o čom sníval. Po niekoľkých dňoch Sarang zabudol na svoj sen o rozprávkovej krajine.

Sarang študoval v prvej triede v škole. Naučil sa zostavovať vety. Jedného dňa, keď si robil domáce úlohy v hindčine, ho napadlo napísať príbeh. Chytí matkin denník a rýchlo zoberie ceruzku, aby začal písať príbeh.

Príbeh napísal nasledovne. Názov bol „**Múdrosť Sohana**".

V dedine žil bohatý muž menom Dhaniram. Mal syna menom Sohan. Jedného dňa musel Dhaniram odísť na naliehavú prácu a svojho syna Sohana nechal doma. Požiadal Sohana, aby bezpečne zamkol dvere a neotváral ich pre cudzincov.

Krátko po odchode Dhanirama sa ozve klopanie na dvere. Sohan sa pýta: "Kto je to?" Cudzinec odpovedal: "Som Dhaniramov priateľ." Sohan otvorí dvere a je prekvapený, keď v dome nájde dvoch votrelcov. Potom si spomenul na rady svojho otca, ktorý mu radil, aby bol v ťažkých chvíľach múdry a trpezlivý. Sohan videl jedného z votrelcov, ako naňho mieri zbraňou.

Sohan rýchlo prišiel s plánom. Ospravedlnil sa, že pôjde na záchod. Keď sa vrátil, spýtal sa votrelcov: „Chceli by ste sa napiť vody? Keď povedali áno, priniesol vodu. Po vypití tejto vody votrelci stratili vedomie a zrútili sa na zem. Bez toho, aby to votrelci vedeli, Sohan pridal do vody, ktorú podával, tabletku na spanie. Vypili ho a upadli do bezvedomia. Sohana okamžite

zavolala políciu a informovala ju o prítomnosti narušiteľov. Prišla polícia a zatkla zločincov. Vtedy sa domov vrátil aj jeho otec Dhaniram. Polícia veľmi ocenila Sohanovu inteligenciu a udelila mu odmenu. Sohanov otec ho veľmi miloval.

Sarang ukázal tento príbeh svojej matke, ktorá bola veľmi šťastná. Povzbudila Saranga, aby napísal viac príbehov.

Ako Sarang vyrastá, stáva sa čoraz kreatívnejším. Jedného dňa sa v škole konala súťaž v písaní príbehov. Sarang sa tiež zúčastnil tejto súťaže a získal cenu. Všetci učitelia ho požehnali. Jeho matka ho veľmi milovala.

Keď Sarang tej noci zaspal, opäť sa mu snívalo o rozprávkovej krajine. Kráľovná víl ho veľmi milovala a žehnala mu. Opäť sa zatúlali medzi víly.

Zlatá labuť

Kedysi dávno v dedine žil muž menom Budhua. Povolaním bol tkáč. Kedysi tkal odevy a predával ich na trhu. Od rána do večera usilovne pracoval, celé dni tkal. Napriek tvrdej práci bol veľmi chudobný. Bez ohľadu na to bolo možné, aby vyšiel s peniazmi.

V jeho rodine boli len dvaja členovia. Vedľa neho bola jeho stará mama, ktorá bývala doma. Jeho matka bola veľmi stará. Jeho vek je jasne viditeľný na jeho tvári. Nohy mu takmer viseli v hrobe. Neustále sa bála o svojho jediného syna.

„Ako Budhua prežije moju smrť'? Často na to myslí. „Nebude mať kto sa o neho postarať'. Tento strach by ma ani nenechal zomrieť'."

Chcela nevestu, ktorá by sa vedela postarať o jej syna. Musí byť niekto, kto sa o neho postará, keď zomrie.

Pre chudobných je zarábanie na živobytie veľkým problémom. Budhua nezarobil veľa peňazí. Jej príjem sotva stačil na prežitie matky a syna.

„Keď sa Budhua ožení, denné výdavky sa zvýšia a bude musieť zarábať viac. Hoci je to láska v ľudských srdciach, ktorá spája všetkých členov rodiny. Aj vtedy zohrávajú peniaze dôležitú úlohu." Stará mama pokračovala v premýšľaní celé dni a noci. Pravidelne sa tiež modlila k Bohu, aby sa ich trápenie veľmi rýchlo skončilo.

Stará mama sa neustále obávala, že by mohol prísť nebeský anjel, oženiť sa s jej synom a urobiť mu prosperitu. V týchto starostiach a modlitbách plynuli dni, mesiace a roky.

Jedného dňa bohovia prechádzali okolo Budhuovho domu. Nemohli byť uznaní za bohov, pretože boli v prestrojení. Všimli si Budhuov stav a rozhodli sa ho požiadať o almužnu predstieraním, že sú askéti. Dosiahnu prah Budhua a zaklopú na dvere. Stará mama otvorila dvere a spýtala sa.

„Baba! Čo je to?"

"Amma! Baba je hladná. Ak nám dáte jedlo, vaše deti budú požehnané."

"V poriadku." Amma s úsmevom vošla do domu a priniesla dve čapáti a nejakú vlastnú zeleninu. Dala ich tejto Babe. Dala mu aj pohár vody. Po jedle bola Baba veľmi spokojná a šťastná. Povedal mi: Amma, čokoľvek chceš, o to požiadaj.

Amma odpovedala: „Čokoľvek požiadam, dáš? Nemôžeš odmietnuť svoje slovo."

„Môžeš sa pýtať čokoľvek, Amma. Baba vždy dodrží slovo."

Oči starej pani boli plné sĺz. Nemohla ich skryť. Povedala: „Baba, chcem nájsť vhodnú osobu pre môjho syna Budhuu. Keď sa ožení a bude viesť bohatý život, pôjdem v pokoji do Božieho príbytku."

"Tak nech." S týmito slovami Baba vyrazila.

Jedného večera, keď sa slnko vrátilo domov a noc pomaly začína všade šíriť tmu. Na oblohe sa objavil strieborný mesiac a začal svietiť. O polnoci všetci spali. V dome starej pani sa zrazu objavila labuť. Nikto si nevšimol jeho prítomnosť. Vstúpil

ticho v miestnosti, kde Budhua tkala látky na nite. Labutie perie žiarilo veľmi jasným zlatým svetlom. Len čo labuť vošla do izby, dvere sa samy zavreli.

Labuť začala tkať sieť farebnými niťami, ktoré tam už boli. Pracoval usilovne celú noc. Tesne pred prvými rannými lúčmi labuť zmizla a zanechala za sebou tkanú sieť.

Budhua sa na druhý deň ráno zobudil ako obvykle. Po dokončení rannej rutiny sa pripravil do práce. Hneď ako vošiel do svojej izby, uvidel niečo úžasné. Nájde tam mimoriadne jemnú a krásnu látku s hodvábnymi odleskami. Zaujímalo ho, odkiaľ sa táto látka vzala. Isté je, že deň predtým tam nebola. Keď nevedel dostať odpoveď, išli sme za jeho mamou, aby sme zistili, čo sa deje.

"Matka! Matka! Kedy si utkal takú krásnu látku?"

„Ach, Budhua! Môj syn. Si robíš srandu? Ty si predsa tak trochu prosťáček. Už dávno netkam látku. Preboha, už sú to roky, čo som tkal. Povedz mi, čo máš na srdci."

„Mami, v mojej izbe je krásna látka. Myslel som, že si to urobil." odpovedal Budhua.

„Kde je? Uvidíme, čo sa stane. Nemôžem tomu uveriť." Prekvapená je aj jeho mama.

"Poď so mnou." Držiac matku za ruku kráča smerom k svojej izbe.

"Tu to je." Teraz vidíš. Som klamár?"

Stará pani neverila vlastným očiam. Syn pokračoval.

„Pozri sa na to, mami! No nie je to nádhera? Už ste niekedy videli takú krásnu látku? Myslel som si, že si to utkal, preto som sa pýtal."

„Ó, áno! Je to naozaj veľmi krásna látka. Je tiež tenký a mäkký. Budhua, musel si na to po upletení zabudnúť? Ak nie, kto iný má? Doma nie je nikto okrem teba a mňa." Potom sa mu začala pozerať do tváre.

„Mami, viem, že nie som veľmi inteligentný. Ale mám bystrú pamäť. Pamätám si veci dobre." Odpovedal.

„Budhua je možno trochu prosťáček, ale nie je taký zábudlivý, aby si nepamätal, čo utkal a čo neutkal. Matka si to uvedomila.

"Môžem to vziať na trh a predať?" Budhua mal na mysli skvelý nápad.

O svojom nápade povie mame. „Samozrejme, syn môj. Musíte odísť. Boh odpovedal na moje modlitby a pomohol nám v tajnosti. Odpovedala. „Je to ten, kto pomáha všetkým.

Budhua išiel na trh a predal súkno. Dostal za to vysokú cenu. Budhua sa večer vrátil domov. Cestou si kúpil nejaké potraviny. Keď matke ukázal svoju výhru, oči sa jej rozšírili od úžasu. Obaja sa poriadne najedli a zaspali.

To isté sa v tú noc stalo niekoľkokrát. Objavila sa zlatá labuť vyžarujúca zlaté svetlo a zmizla pred východom slnka. Opäť to nikto nevidel. Tkaná látka, ktorá tam ležala, opäť vzbudila otázky rodinných príslušníkov. To isté sa dialo každý deň. Budhua bol vtedy zvedavý a rozhodol sa zistiť dôvod a osobu, ktorá im takýmto tajným spôsobom pomáhala.

Rozhodol sa zistiť pravdu. V ten deň išiel opäť na trh a predal túto krásnu hodvábnu látku za vysokú cenu.

Budhua a jeho matka boli veľmi šťastní, že môžu pravidelne jesť chutné jedlo. Deň sa pomaly zmenil na noc a prišla chvíľa, na ktorú Budhua čakal.

Nevedel sa dočkať odhalenia záhady. Stará pani spala a syn čakal na tajomného asistenta. Zrazu sa všade okolo rozľahlo zlaté svetlo.

"Och! O aký typ svetla ide? Sníva sa mi?" Pretiera si oči. Keď otvoril oči, uvidel niečo neuveriteľné. Do jeho izby potichu vstúpila zlatá labuť.

„Ach, čo to je? Zlatá labuť? Budhuove oči sa rozšírili prekvapením. Znova si pretrel oči, aby vyjasnil akýkoľvek zmätok. Zvolá: „Je to naozaj zlatá labuť! Zlatá labuť s takým krásnym zlatým perím! V živote som nevidel takú krásnu labuť.“ Vykríkne od radosti.

"Aké krásne zlaté svetlo vychádza z jeho krídel?"

„Budhua nedokázal zadržať svoju zvedavosť. Nasledoval labuť. Hneď ako vstúpi do miestnosti, dvere sa zvnútra automaticky zamknú. Nemohol vstúpiť do miestnosti. Mohol sa len pozerať von oknom. To, čo tam vidí, ho nechá bez slov. Ako môže labuť utkať sieť? Nakoniec stráca trpezlivosť. Zrazu labuť zmizne. Namiesto labute sa tam objavilo mladé dievča. Budhua prerušil ticho. Pýta sa jej: „Kto si? čo tu robíš? ako si sem prišiel? Povedz mi o sebe.

Dievča odpovedalo: „Volám sa Hansika. Som na svete sám. Bol som prekliaty svätým, pretože som mu odmietol dať pohár vody. V tej chvíli som sa zmenil na labuť.“

"Teraz som oslobodená od kliatby," pokračovala Hansika. Počas ich rozhovorov sa k nim pridala aj matka.

Budhua sa jej potom spýtal: "Vezmeš si ma?"

So súhlasom Hansiky a jej matky sa Budhua vydala za Hansiku. Hansika a Budhua tvrdo spolupracovali, aby tkali látky a predávali ich na trhu za vysoké ceny. Netreba dodávať, že dni Budhua sa zmenili k lepšiemu. Takže s požehnaním mudrca sa život Budhuovej matky stal tiež šťastným.

História kolísky

Kedysi dávno žila chudobná žena menom Bharati. Chudoba mu vraj do života vstupovala pomaly. Boli časy, keď žila ako kráľovná. Jej manžel vlastnil veľkú firmu. Vplyvom niektorých okolností sa však časy zmenili a vo svojom podnikaní musel znášať veľkú stratu. Mali malú trojčlennú rodinu. Manžel, manželka a rozkošné dievčatko. Bez ohľadu na to boli odhodlaní čeliť negatívnym okolnostiam pozitívnym spôsobom. Keď človek začal  vytvárať nové podnikanie, potreboval čas, aby dosiahol výšky. Bharati ukázal veľa trpezlivosti a nádeje. Mala úplnú vieru v Boha. Keď mali to šťastie, že boli zdraví a bohatí, boli veľmi láskaví k chudobným a núdznym. Vedeli, že zlé časy pominú, keď sa dobré časy vrátia. Bharati sa úplne venuje vzdelávaniu ich dcéry. Bola odhodlaná ponúknuť tejto malej bytosti lepší život. Niekedy pri sebe nemala peniaze. Vždy, keď potrebovala peniaze na podporu svojej dcéry, predávala staré veci, ktoré im darovali ich predkovia. S týmto príjmom splnila všetky potreby svojej dcéry. Postupom času jej dcéra vyrástla a bola pripravená ísť do školy. Prirodzene, zodpovednosťou rodičov je poskytnúť svojim deťom dobré vzdelanie. Je to nová séria povinností, ktoré ju čakajú. Situácia sa zdá zložitá a riešenia si môžu vyžadovať značné obete.

Jedného dňa, keď Bharati rozmýšľala, ako zvládnuť svoju finančnú situáciu, zbadala vo svojom dome starý drevený betlehem.

"Môže to byť cenné." pomyslela si. "Myslím, že patrí našim predkom." Je trochu stratená. Koho sa opýtať a ako sa rozhodnúť, premýšľala dva dni. Jej manžel bol na služobnej ceste. Keďže nemala inú možnosť, rozhodla sa predať starú kolísku predkov. Nechcela ju predať, pretože kolíska bola veľmi cenná a stará. Deti niekoľkých generácií jeho rodiny ho používali od nepamäti.

„A teraz bola na rade moja dcéra. Aj ona to hojne využívala. Bola to pre ňu krásna posteľ a tiež kútik na hranie. Bolo to ako matkin lon v jej neprítomnosti. Dnes ho musím predať. Nie som spokojný so svojím rozhodnutím. Bože! Prosím, odpusť mi, pretože som len splnil svoju povinnosť."

Kolíska predkov bola vzácnym dedičstvom odovzdávaným z generácie na generáciu. Hoci sa Bharati zdráhala predať ho pre jeho sentimentálnu a historickú hodnotu, cítila sa nútená tak urobiť pre vzdelanie svojej dcéry.

Rozhodne sa podať inzerát na predaj drevenej kolísky. Veľkorysá dáma Arti, ktorá plánovala kúpiť postieľku pre svoju dcéru, videla inzerát a kontaktovala Bharati. Postieľka sa jej zapáčila a kúpila ju, čím dala Bharati doláre potrebné na uspokojenie vzdelávacích potrieb svojej dcéry. Bharati sa šťastne vrátila domov, kúpila všetky potrebné veci a poslala dcéru do školy.

Arti, ktorý si kolísku kúpil, si po chvíli uvedomil, že napriek svojej sile a kráse je dosť stará. Zvažovala však jeho predaj, aby svojmu dieťaťu kúpila nový. Čoskoro sa neďaleko koná aukcia starožitností. Arti sa rozhodol kolísku vydražiť. Na jej prekvapenie bola ponuka za postieľku oveľa vyššia, ako očakávala. Suma, ktorú dostala, bola podstatne vyššia, ako zaplatila Bharati. Potom si spomína na predchádzajúcu majiteľku kolísky Bharati, ktorá bola taká chudobná, že musela predať kolísku svojich predkov, aby sa postarala o svoju dcéru. Našla Bharatiho kontaktné údaje a okamžite ju kontaktovala.

Arti bol ohromený, keď sa dozvedel o Bharatiných finančných ťažkostiach a dôvode predaja postieľky. Arti, dotknutý Bharatiho príbehom, sa rozhodol. Zavolá Bharati a oznámi jej, že sa s ňou podelí o polovicu vydraženej sumy. Bharati je ohromený vďačnosťou voči Artimu. Veľmi sa jej poďakovala. Teraz mala toľko peňazí, že po splnení všetkých potrieb súvisiacich so vzdelávaním jej dcéry by sa roky nevyčerpali. Na konci Arti objal Bharati a povedal: „Táto kolíska bola vždy tvoja a máš rovnaké právo na tieto peniaze ako ja. Som veľmi rád, že som mohol pomôcť skutočnému majiteľovi postieľky." Bharati mu mnohokrát poďakoval.

Spokojná, že odviedla dobrú prácu, sa aj Arti vracia domov. Uvedomila si, že radosť z dávania a zdieľania je vždy väčšia ako z prijímania.

Veeruov vynález

Bol raz jeden les zvaný Kanjakvan. Žil tam medveď Bholu a jeho rodina. V tomto lese žilo aj mnoho iných zvierat. Šeru, lev, bol kráľom džungle. Cez deň chodil v džungli so svojou rodinou a v noci spal vo svojej jaskyni. V džungli bola ostražitá žirafa menom Gunnu, ktorá vďaka svojmu dlhému krku dokázala rozpoznať nebezpečenstvo už na diaľku. Slon Appu bol biely ako sneh. Bol taký krásny, že mohol konkurovať slávnemu slonovi menom Airavat of heaven. Takto mal les s názvom Kanjakvan vždy šťastné prostredie. Niekde počujeme cez deň štebotať sladké hlasy vtákov. Veselo lietali zo stromu na strom a dookola. Niektorí z nich si urobili hniezda na stromoch. Ich neustále štebotanie pridávalo na radosti džungle; ich samotná prítomnosť oživila džungľu. Nechýbali ani líška Manthara a opica Manu, ktorí si svojou inteligenciou a zlomyseľnosťou udržiavali žoviálnu atmosféru. V Kanjakvane žili iné zvieratá, ktoré boli príkladom lásky, bratstva a jednoty.

Jedna vec však Kanjakvanovi chýbala. Neexistoval žiadny ľahko dostupný zdroj pitnej vody, teda vody vhodnej na spotrebu. V Kanjakvane neboli žiadne rybníky ani studne. Predtým tu bolo jazierko, ktoré vyschlo pre vysoké letné horúčavy. Bolo to už dávno, čo oblaky kropili vodu. Zdalo sa, že štrajkovali z jedného alebo druhého dôvodu. Keď boli obyvatelia Kanjakvanu smädní, museli ísť do Champakvanu, neďalekej džungle. Ľudia z Kanjakvanu znášali svoje drsné a neplodné životy s pocitom prijatia, pričom to považovali za svoj osud.

Jedno príslovie hovorí, že osud nie je väčší ako činy. Akcie podniknuté správnym smerom majú moc zmeniť osud. Nech Boh pomáha tým, ktorí si pomáhajú. Mladá generácia Kanjakvanov nezostala nečinná. Neustále pracujú na riešení problému nedostatku vody. Ich snahou bolo sprístupniť pitnú vodu čo najbližšie, aby sa život týmto ľuďom trochu uľahčil. Medzi mladými ľuďmi bola vedecká skupina, ktorá sa neustále pokúšala robiť niečo nové. Členovia tejto skupiny boli veľmi inteligentní a snažili sa vytvoriť niečo nové, užitočné a zaujímavé. Učili sa o technologickom pokroku tej doby. Veeru, vodca tejto skupiny, bol najstarším synom opice Manu. Študoval v desiatom ročníku. Čas, ktorý mu zostal po riadnom štúdiu, venoval výlučne svojej výskumnej práci. Aby dosiahol svoj cieľ, stal sa laboratórnym potkanom. Veeru vykonal niekoľko experimentov. Chcel čo najrýchlejšie nájsť riešenie problému s nedostatkom vody. Aby bola pitná voda dostupná pre všetkých.

Tvrdá práca Veeru a jeho tímu sa nakoniec vyplatila a našli riešenie.

Riešením bol „Chapakal", čo znamená ručná pumpa. V tomto prípade je veľmi dlhá rúra pochovaná hlboko v zemi. Potom pomocou piestu, ventilu a páky. Voda sa privádza z hĺbky pôdy na povrch. Odvážni mladí ľudia z Kanjakvanu vynašli túto technológiu a použili ju na výrobu „Chapakala". Nainštalovali „Chapakal" a fungovalo to. Zo zeme začala vytekať voda. Voda bola veľmi čistá a chutila dobre. Mladí Kanjakvančania predviedli zázrak. Vďaka ich tvrdej práci sa im splnil sen. Čistá voda bola v okolí dostupná s relatívne malým úsilím.

Vlna radosti zachvátila celý Kanjakvan. Všetky zvieratká sršali šťastím. Ťažkosti v ich živote sa trochu zmiernili. Odteraz už deti nebudú musieť trpieť smädom a ženy už nebudú musieť donášať vodu z ďalekých džunglí. Záplava radosti sa rozšírila po celej džungli, Kanjakvan.

Jedného dňa zvolala rada starších obyvateľov Kanjakvanu stretnutie. Cieľom tohto stretnutia bolo oceniť mladý tím vedcov, ktorí s bezprecedentným nasadením a tvrdou prácou pracovali na dostupnosti vody v džungli. Toto úsilie si skutočne zaslúžilo uznanie. Obetovali svoje osobné pohodlie a každému ponúkli nový život. O priaznivom dni sa rozhodlo na stretnutí pri odovzdávaní cien, ktoré malo byť veľkolepou oslavou.

Pod veľkým banyánom bolo krásne vyzdobené veľké pódium. Zodpovednosť za riadenie programu dostal slon Appu, ktorý sa ujal vedenia s mikrofónom v ruke. Na podujatí boli prítomní všetci obyvatelia Kanjakvanu, ktorí obsadili svoje miesta na stoličkách. Dielo viedol zástupca mladého vedeckého tímu Veeru. Keď zavolali Veeru na preberanie ceny, celé publikum ho privítalo potleskom. Slon Appu ho dvíha na chrbát a prechádza sa po javisku. Ozýval sa potlesk, ktorý sa rozliehal celým lesom. Podujatie sa úspešne skončilo kultúrnym programom a rozdávaním prasád. V očiach opice Manu sa tisnú slzy radosti a tvár sa mu rozžiari víťazoslávnym úsmevom. Koniec koncov, Veeru bol jeho syn a dnes bol poctený. Dnes ľutuje, že ako dieťa napomínal Veeru a počas štúdia ho dráždil. Keď Veeru zišiel z pódia s medailou, išiel priamo k svojmu otcovi a uklonil sa, aby sa dotkol jeho nôh. Ale opica Manu si túto príležitosť nenechala ujsť. Pohol sa dopredu, aby vzal svojho syna do náručia. Nový vynález, ktorý vyrobil, pridal na jeho hrdosti.

Náplň do ručnej pumpy

Život obyvateľov Kanjakvanu sa vďaka prístupu k vode o niečo uľahčil. Teraz už nemusia prinášať každé vedro vody od Champakvana, ich suseda. Všetci obyvatelia lesa chválili Manu Veeru a žili šťastne roky. Veeru zložil skúšky v dvanástej triede s vynikajúcimi známkami.

Jedného dňa sa obyvatelia Kanjakvanu zhromaždili. Svojim deťom zablahoželali k výborným výsledkom skúšok, ktoré boli hlavným bodom programu stretnutia. Jednohlasne sa rozhodlo, že nasledujúcu nedeľu sa v Kanjakvane uskutoční veľká párty, kde sa zhromaždia všetky zvieratá a ich rodiny. Počas párty plánovali diskutovať o budúcich vzdelávacích plánoch svojich detí.

V nedeľu pri najväčšom banyánovom strome postavili stoličky. O kúsok ďalej boli stoly na jedlo a aranžmány na vodu. Zrazu si všetci všimnú, že žirafa Chimpu kýva dlhým krkom a snaží sa niečo povedať. Nikto však nerozumel tomu, čo sa snažil povedať. Párty sa ešte nezačala. Jedlo sa pripravovalo v neďalekom parku. Vôňa jedál urýchľuje hlad hosťa. Všetci boli hladní a tešili sa na chutné jedlo. Ich oči sa obrátili na stoly, ktoré sa čoskoro zaplnili rôznymi jedlami. Počas čakania sa niekoľko ľudí prechádzalo sem a tam. Niektorí trpezlivo sedeli na stoličkách. Deti tancovali za zvuku DJ-a

Žirafa Chimpu sa opakovane pokúšala niečo povedať. Pre hluk mu nikto nevenoval pozornosť. Navyše, Chimpu nemohol hovoriť jasne. Po chvíli si ho všimol slon Appu, láskavo naňho zavolal a spýtal sa: „Chimpu, čo ťa trápi? Už dlho sa snažíš niečo povedať. Povedz mi, čo sa deje?"

„Appu dedko! Pozrite, ručná pumpa nefunguje? To spôsobí problémy. Nepokazilo by to všetku zábavu na párty?" Chimpu stihol vyjadriť svoje znepokojenie, zatiaľ čo dýchal.

Appu Elephant ho upokojuje slovami: „Chimpu, môj drahý! Neboj sa. V každom prípade nájdeme riešenie tohto problému. Poď so mnou."

Žirafa Chimpu a slon Appu kráčali smerom k ručnej pumpe. Keď prišli, videli tam stáť Manu Monkey so svojím synom Veeru. Veeru obsluhoval ručnú pumpu a Manu pil vodu.

Keď to Chimpu videl, oči sa rozšírili úžasom. Keď sa naňho Appu spýtavo pozrie, Chimpu zakoktá a povie: „Nie, nie, hovorím pravdu. Keď som predtým zapol ručnú pumpu, nemal som vodu. Preto som ťa prišiel informovať."

 Veeru ho utešuje: „Chimpu, máš pravdu. Je pravda, že ručná pumpa ešte pred pár minútami nedodávala vodu. Ani keď som ho zapol, voda hneď nevytiekla. Vedel som však, kde nájdem kupón na doplnenie ručnej pumpy. Naliatím trochy vody do hadice pomocou pohára alebo šálky a neustálym ovládaním rukoväte sa hadica nabije. Potom začne opäť dávkovať vodu. Urobil som to isté a teraz môžete vidieť, že to funguje. Ak budete v budúcnosti čeliť rovnakému problému, musíte sa obávať. Stačí použiť rovnaký trik a naplniť ho pohárom vody."

Všetky zvieratá boli veľmi potešené Veerovou duchaprítomnosťou. Chimpu zatlieskal a začal sa smiať. Teraz si párty užili všetci.

Deň šampiónov

Sheetal a Sunny boli súrodenci. Medzi nimi bol osemročný vekový rozdiel. Sheetal bola najstaršie dieťa medzi jej rodičmi, kým Sunny prišla do rodiny osem rokov po Sheetalovi. Tento príbeh sa začal, keď mala Sunny tri roky a Sheetal jedenásť rokov. Sheetal svojho brata príliš milovala. Podľa pokynov rodičov sa oňho aj starala. Keďže Sunny nebola dospelé dieťa, nemohol hrať všetky hry, ktoré milovala. Mal svoje vlastné hry. Sheetal teda potrebovala ďalšieho herného partnera, ktorý by sa s ňou mohol hrať.

Jeho otec Venkatesh našiel riešenie jeho problému. Svojej dcére robil spoločnosť tým, že sa s ňou spriatelil. Núti ju robiť domáce úlohy, berie ju na prechádzky a hrá sa s ňou. Sheetal sa hrala s kamarátkami v škole a užívala si spoločnosť svojich kamarátov v susedstve. Najviac ju však baví hranie sa s otcom.

 V nedeľu Sheetal a jej otec hrali šach. Sheetalova matka Radhika zostala zaneprázdnená domácimi prácami alebo kancelárskymi prácami. Vždy, keď mala voľno, musela sa starať o syna a učiť ho nové veci.

Otec rád hral šach. Svoju dcéru začal trénovať v hre, keď mala šesť rokov. Deti sú vo všeobecnosti bystré. Učia sa nové veci rýchlejšie ako dospelí. Aj Sheetal sa rýchlo naučil zdobiť šachovnicu pešiakmi a ovládať správne ťahy. Venkatesh snível o tom, že sa jeho dcéra stane majstrom v šachu ako veľký Vishwanathan Anand. Aj keď bol veľmi zaneprázdnený, nikdy nevynechal hodiny šachu, aby trénoval svoju dcéru.

Keď sa otec s dcérou posadili na druhú stranu šachovnice, vyzeralo to, že budú hrať. Namiesto toho sa ocitli na bojovom poli, kde je každý tím odhodlaný vyhrať. Niekedy otec zajal Sheetalovho rytiera a inokedy jej pešiakov. Niekedy ju varoval slovami: "Pozri, Sheetal, tvoja kráľovná je preč." Potom Sheetal začal plakať: "Ocko!"

Po chvíli otec povedal: „Sheetal, tvoj kráľ je v šachu. A potom mat." Potom sa nahnevala. Svoj hnev prejavila otočením celej šachovnice.

„Teraz sa s tebou nebudem hrať. Podvádzaš ma v hre. Už sa s tebou nebudem rozprávať."

V skutočnosti mal Sheetal silnú averziu k porážke. Či už išlo o štúdium alebo hry, vo svojej časti chcela len víťazstvá. V šachovej hre však ešte nie je veľmi dobrá a často má problém vyhrať. Otec bol vynikajúci šachista. Sheetal nemala iných priateľov, ktorí by s ňou hrali šach. Často končila prehrou s otcom. Mama bola zaneprázdnená, Sunny bola príliš mladá a musela sa hrať s otcom.

V jednu nedeľu otec povedal: „Sheetal, poď. Poďme sa hrať. Prineste šachovnicu a figúrky."

Sheetala to vôbec nezaujímalo. Odmieta: „Nie, otec. Nemám náladu hrať."

"Och! Moja drahá, čo sa stalo? Poď, poď. Ponáhľaj sa. Užiješ si veľa zábavy," trval na svojom.

"Nie, ocko. Mám veľa domácich úloh."

„Poď, miláčik. Dnes je voľný deň. Domáce úlohy si môžeš urobiť neskôr."

Ukázalo sa, že práca z domu nebola problémom. Problém je rovnaký. Dievča, ktoré vždy milovalo vyhrávať, sa ešte nestalo takou expertkou na víťazstvo v hre so svojím otcom. Nemala rada prehry a otec jej nedovolil vyhrať, keď s ním hrala. Keď otec Venktesh naďalej trval na hraní, povedala: "Nechcem sa s tebou hrať, pretože viem, že tentoraz už nevyhrám." Keď to povedala, odvrátila tvár.

"Och! Moje milé dieťa, nehnevaj sa." Otec sa snažil potešiť svoju dcéru. Niekedy, keď sú deti naštvané, vyzerajú tak roztomilo, ako Sheetal. Jej otec musel vynaložiť veľa úsilia, aby ju rozveselil a pripravil na hru.

„Si moja statočná dcéra. Nikdy sa nevzdávajte predtým, ako začnete hrať, pretože hranie hry je prvým krokom k víťazstvu."
Tento nápad jej padol v mysli a pripravila sa hrať.

Tomu sa hovorí športový duch. Či už ide o hru alebo život, musíte sa sústrediť na svoju rolu, pripraviť sa a vydať zo seba maximum. Nikdy sa nebojte výsledku.

Potom začal mrmlať: "Aj ja sa bojím prehry."

Keď to počul, na Sheetalovej tvári sa objavil úsmev. O výsledok sa už nebojí. Potom sa hra začala.

„Keď som bol malý, hrával som sa s tvojím starým otcom. Aj ja som plakal, keď som prehral, rovnako ako ty. Vtedy mi tvoj starý otec povedal: „Počúvaj, Venkatesh! Zvážte porazenie svojho učiteľa. Poučte sa zo svojich chýb a pripravte sa na víťazstvo. Jedného dňa z teba bude šampión," pokračuje Venkatesh pri hraní.

Potom sa otočil do kuchyne a zavolal svoju ženu: „Počúvaj, Radhika! Kde je naše publikum? Potrebujeme ich, aby vytvorili šťastné prostredie, ktoré hráčom umožní podávať čo najlepší výkon. Príďte si k nám sadnúť. Zápas sa teraz začne.

Čoskoro dvaja obri hrajú šach. Sheetal a jej otec boli hráči. Prítomná bola jeho matka a brat. Z času na čas hráčov naďalej povzbudzovali.

Sheetal bol veľmi šťastný a povedal: „Poď, ocko. Tentoraz ťa porazím."

Otec postavil šachovnicu a rozhádzal na ňu figúrky. Spýtal sa: "Povedz mi, budeš hrať čierneho alebo bieleho?"

"Biela".

Venkatesh a Sheetal rozmiestnili šachové figúrky na šachovnici.

Všetky kusy umiestnili do objednávky. V prvom rade dali vežu do prvého poľa, rytiera do druhého, strelca do tretieho, kráľovnú do štvrtého, kráľa do piateho, ťavu do šiesteho, rytiera do siedmeho a veža v ôsmom". Otec usporiadal všetky kúsky na svoju stranu a Sheetal na jej stranu. Všetky kúsky mala postavené v jednom rade na boku. Otec jej potom pomohol upratať ostatné izby. Hra začína a počet zajatých figúrok na bojisku rýchlo narastá.

Otcova pozornosť sa neustále sústreďovala na emócie na Sheetalovej tvári.

Hra bola celkom zaujímavá. Sheetal hlasno zatlieskal, keď cítil, že jeho otec prehrá zápas. Kričala: "Mami, tentoraz vyhrám."

Potom mama potľapkala Sheetala po chrbte a otec predstieral plač.

Sunny a mama naďalej zvyšovali morálku hráčov neustálym tlieskaním. V tej chvíli otec cítil, že Sheetal začína byť nervózny. Otec teda úmyselne začal prehrávať a tentoraz nechal svoju dcéru vyhrať vedomým úsilím. Sheetal mala zo svojho prvého víťazstva v šachu veľkú radosť.

Mama povedala: "Poď, ponáhľaj sa, rýchlo zbaľ hru a choď na obed k jedálenskému stolu."

Potom všetci zamierili k stolu na obed.

Takto hraním a zábavou Sheetal dovŕšil jedenásť rokov. Venkateshova tvrdá práca sa vyplatila. Za posledných päť rokov vynikala v šachovej hre. Zúčastnila sa niekoľkých turnajov vo svojom meste a okrese, kde dosiahla početné víťazstvá.

Aj dnes sa konal šachový turnaj, v ktorom Sheetal získal zlatú medailu. Všetci členovia rodiny sa zapojili do slávnostného ceremoniálu, odkiaľ sa vrátili domov s medailou. Venkatesh mal dnes mimoriadne šťastie. Svojej žene Radhike povedal: „Pamätáš sa na ten deň, keď sa narodil náš Sheetal a moja matka si z teba robila srandu, že si porodila dievča? V ten deň som sa rozhodol urobiť ju tak schopnou, aby priniesla česť nášmu rodinnému menu. Dnes, keby moja mama ešte žila, bola by hrdá na našu drahú vnučku.“

Radhika prikývne. Teraz vzhliadla k nebu a ďakovala nebeským bohom za všetko dobré v ich živote.

Farebná dúha Bholu

Bholu darebák

Bol raz jeden chlapec menom Bholu. Bol to veľmi milý, pekný, bacuľatý desaťročný chlapec. Bholu bol trochu zlomyseľný a nezbedný, ale aj inteligentný. Bholu rodičia a všetci členovia jeho rodiny ho veľmi milovali.

Bholu vôbec nerád chodil do školy. Ale rodičia jej nedovolili zostať doma počas školských dní. Hoci mu hovorili o dôležitosti vzdelania, chcel tiež študovať. Na štúdium sa však nedokázal dlho sústrediť. Bez ohľadu na to, čo jeho učitelia v triede učili, on nemohol

veľa sa naučiť.

Na chvíľu sa pozrel na učiteľa, potom sklonil hlavu a ticho sedel. Aby som sa nebál bytia

Keď sa ho pýtali, často sa snažil pozrieť iným smerom.

Jedného dňa išiel Bholu do školy. Jeho učiteľ prírodných vied oznámil triede: „Deti, zajtra dám triede test. Všetci si musíte pozorne prečítať kapitolu a pripraviť sa." Všetky deti prikývli. Keď sa Bholu vrátil domov, začal hrať. Zabudol, že sa musí pripraviť na test. Po skončení zápasu si užil, pozeral telku a zaspal. Ráno, keď sa chystal do školy, si spomenul na test.

"Och! Yaar Bholu! čo tam budeš robiť? Ty si sa vôbec neučil?" Hovoril sám so sebou.

"Musím nájsť riešenie. Inak to bude pre mňa veľký problém."

Bholu napadlo vziať si v ten deň voľno zo školy. Keďže sa na test neučil, napomenutiu sa nedalo vyhnúť. Vtedy mu napadla myšlienka. Rozhodol sa túto myšlienku otestovať.

"Mami, mami," kričal Bholu.

Jeho matka sa k nemu ponáhľa.

"Čo je to?" Nechystáte sa do školy? Čoskoro by mal prísť tvoj školský autobus," pýta sa ho matka.

"Nie, mami. Nemôžem ísť do školy.

"Za čo? čo sa stalo?

"Mami, veľmi ma bolí brucho."

Keď to matka počula, znepokojila sa. V tomto stave ho nemohla poslať do školy. Požiadala ho, aby napísal žiadosť o dovolenku a dal ju svojmu priateľovi. Bholuova lesť zafungovala. Bol veľmi šťastný. Urobil, čo jeho matka žiadala, a začal plánovať, ako strávi deň. "Teraz sa budem baviť doma." pomyslel si Bholu.

Keď bola matka v jeho blízkosti, predstieral, že je chorý, no dlho to nedokázal.

Poobede bol hladný. Povie si, že mama mu prinesie chutné jedlo. Vo svojej misii však neuspel. Matka ho karhá.

„Syn môj, keď si chorý, nemôžeš jesť len tak čokoľvek. Váš žalúdok tiež potrebuje odpočinok. Užite si dnes orálny rehydratačný roztok (ORS). Vezmite si aj tento liek a odpočívajte. Akékoľvek chutné jedlá chcete jesť, môžete si ich vychutnať ďalší deň. Čoskoro sa uzdrav."

Keď to Bholu počul, začal plakať. Mal pocit, že si pre seba spriadal pavučinu ako pavúk a bol v nej uväznený. Tajne sa zaprisahal, že už v budúcnosti nebude klamať a nebude sa vyhýbať práci. Odvtedy sa Bholu stal úprimnejším vo svojich štúdiách.

Bholuove problémy

Jedného dňa na hodine spoločenských vied učiteľ vysvetľuje kapitolu. Keď to skončilo, začal sa rozhovor medzi učiteľom a deťmi. Začala sa pýtať detí, aké sú ich túžby. Bholu mal nápad. Bál sa, čo povie na oplátku učiteľovi. Vtedy zazvonilo a škola skončila. Všetky deti sa vrátili domov. Bholu nastúpil do školského autobusu. Keď si sadol na miesto, začal sa báť. Nevedel, čím sa stane v dospelosti. Keď Bholu vystúpil z autobusu, dostal sa na zastávku najbližšie k jeho domu. Začal kráčať smerom k svojmu domu. Na kraji cesty videl sedieť žobráka. Bholu dostal strach. Potom si predstaví, že on sám je oblečený v handrách namiesto žobráka, ktorý žiada o almužnu. Rýchlo sa však zotavil. Rozhodol sa, že sa mu nejako podarí študovať a prijať serióznu prácu, aby mohol viesť slušný život. Aspoň nie je pripravený stať sa žobrákom. Bholu prišiel domov, prezliekol sa a šiel spať bez toho, aby robil čokoľvek iné.

Bholu sedel vo vyšetrovacej miestnosti a škrabal sa na hlave. V rukách mal dotazník a na stole odpoveďový hárok. Hoci si prečítal otázky v dotazníku, nevedel odpovedať ani na jednu. Premýšľal, čo by mal urobiť, a začal listovať stránkami svojho odpoveďového hárku. Po chvíli rozmýšľania začne otáčať hlavu, aby videl deti okolo seba. Rozmýšľal, že sa niekoho spýta, ale aj tu ho zradilo šťastie. Žiadne dieťa sa na to nepozrelo, ale učiteľ to jasne videl. Bholu je potom veľmi vystrašený. Rozhodol sa požiadať profesora o pomoc. Pozbieral odvahu, vstal zo stoličky a oslovil profesora.

"Pane, pane, vysvetlite nám význam tejto otázky," povedal učiteľovi.

"Previerka prebieha. Je to potešenie? Urob to sám. Pozorne si prečítajte otázky, pochopte ich a odpovede napíšte sami na hárok. Profesor stroho odpovedal.

Bholu chvíľu sedel a znova pristúpil k učiteľovi a zopakoval rovnakú požiadavku. Hoci dostal niekoľko odmietnutí, keď Bholu trval na svojom, učiteľ ho nahlas pokarhal a dokonca mu dal facku po líci. Bholu hlasno plakal. Keď sa pokúša znova posadiť, s buchotom padá na zem. Ostatné deti v skúšobni vybuchli smiechom pri tom pohľade.

„Bholu, Bholu, čo sa stalo? Bholu počul hlas. Keď otvoril oči, nikoho vo svojej blízkosti nenašiel.

Keď Bholu znova počul hlas, snažil sa otvoriť oči a uvidel svoju matku stáť pred ním. Snažila sa vstať. Potom si uvedomí, že sníva.

„Synu, nie si hladný? Vstaň, umyte si ruky a tvár." dodala.

Bholu si spomína na sen, skúšobnú sálu a papier s otázkami.

"Och môj Bože! Bol to strašný sen. Myslel som, že je to skutočné." pomyslel si Bholu.

Odvtedy bral Bholu svoje štúdium vážne a pravidelne ich navštevoval.

Národný vták Páv

Jedného dňa sa Bholu hral na dvore svojho domu. Zrazu cíti na tvári pár kvapiek vody.

"Ach čo? Začalo pršať?" pomyslel si. Bholu bol veľmi šťastný. Postupne kvapky dažďa zosilneli a potom sa spustil prívalový lejak. Len čo to Bholuova matka videla, zakričala: „Bholu, poď do izby. V opačnom prípade vám dažďová voda zvlhne oblečenie. Môžete trpieť prechladnutím." Prišla na dvor zavolať svojho syna dovnútra. Vidí Bholu tancovať v lejaku.

"Poď Bholu." Prestaňte sa kúpať. Vezmite si uterák a osušte sa. Pozri, tvoje oblečenie je úplne nasiaknuté vodou. Choď sa prezliecť,“ prikáže.

„Nie, mami! Teraz neprídem. Rád plávam v daždi. Prosím, nechaj ma tu ešte chvíľu zostať. Prosím, prosím, prosím, moja dobrá matka." prosil Bholu.

„Dajte si rýchlu sprchu a choďte dnu. Už si sa okúpal a ráno. Teraz sa nesmieš správať ako ten syn."

"Mami, prosím." Bholu sa znova spýtal svojej matky.

Matka sa hnevá, pretože ju Bholu nepočúva. Stále si užíva lejak. Mnohokrát sa to stáva v našich domovoch, keď medzi nimi dvoma, rodičom a dieťaťom, vznikajú rozdiely. Rodičom záleží na tom, aby ich deti aj tak netrpeli a deti si chcú užívať život po svojom.

Bholu váha, ale nemôže príliš dlho vzdorovať príkazom svojej matky. Vošiel do domu, osušil sa a obliekol si nové šaty. Matka mu potom prinesie pohár naplnený horúcim mliekom. Bholu pil mlieko a cítil sa pohodlne.

V miestnosti sedel aj Bholuov otec. Bholu sedel vedľa neho. Začal sa pozerať von. Zrazu sa im do nosa dostane silná vôňa vyprážaných pakor. Bholuova pozornosť sa obracia do kuchyne, kde jeho mama pripravuje horúce pakory.

Bholu ide do kuchyne. Miloval jesť pakory. Matka ho videla a spýtala sa: "Bholu, chceš jesť pakory?"

Bholu neodpovedal. Stál tam a sklonil hlavu.

„Bholu, tvoja matka sa ťa niečo pýtala. Odpovedal si?"

„Áno, mami. Vezmem si nejaké." odpovedal Bholu.

„Na čo myslíš, syn môj? Všetko je v poriadku? Znie to, akoby ťa niečo trápilo. "

„Áno, mami. máš pravdu. Želám si niečo. Splníš moje želanie? Na fotkách som počul a videl, že tancujúci páv je veľmi krásny. Chcem vidieť tancovať páv v skutočnosti," pýta sa Bholu.

Jej mama medzitým pripravila pakory a vypla plynový sporák. Potom začala ukladať pakory a omáčku na tanier.

„Bholu, je pravda, že pávy sú veľmi krásne, keď tancujú. Je to aj náš národný vták. Tiež sa rád pozerám, ako tancujú, pretože potom vyzerajú tak šťastne." Podala malé taniere Bholuovi a povedala: „Vezmi tieto taniere a choď tam. Prinesiem čaj a občerstvenie. Porozprávame sa o tom po čaji."

Bholu kráča smerom k miestnosti, kde sedí jeho otec. Jeho matka ho nasledovala s občerstvením a čajom. Bolo to chutné občerstvenie. Všetci si to užili.

Na konci Bholu povedal: „Ocko, musím ti niečo povedať. Prosím, počúvaj ma."

„Áno, povedz mi, syn môj. Čo chceš?" pýta sa jeho otec.

„Ocko, videl si už niekedy tancovať pávy? Čítal som o tom veľa kníh a videl som aj obrázky v knihách v televízii. Ale v skutočnosti som to nikdy nevidel. Chcem vidieť skutočný páv tanec, otec, prosím." prosil Bholu.

„Bholu, to nie je veľká otázka. Môžeme navštíviť zoologickú záhradu a vidieť nielen pávy, ale aj mnohé iné vtáky a zvieratá." To navrhol jeho otec.

„Naozaj, ocko? Vidíte v ZOO tancovať páv? Chcem ju vidieť tancovať na vlastné oči." Bholu trvá na tom.

"Áno, Bholu." máš pravdu. Pre každého je potešením vidieť tancovať páv. Radosť z tanca jej pridáva na kráse. Ale je to málokedy viditeľné. Kde nájsť tancujúceho páva? Nechaj ma trochu premýšľať." Pokračoval.

Zdá sa, že je ťažké splniť si túžbu v zoo. Ako páv, nikdy netancuj, keď je dav. Možno ho nájdeš v džungli. Určite ste už počuli príslovie "Kto videl v džungli tancovať páv?" Toto príslovie existuje, pretože páv tancuje v samote. Môžete to sledovať, keď sa budete skrývať na blízkom mieste. Zvyčajne odletí, ak cíti, že je niekto nablízku. Jeho otec vysvetľuje.

„Naozaj, ocko? Je to tak?" Keď to Bholu povedal, zostal ticho. Cítil sa smutný. Začal tupo hľadieť do prázdna. Chystal sa stratiť nádej, že niekedy uvidí, že sa mu splní jeho želanie vidieť tanec páva.

Jeho matka chápe Bholuov stav mysle. Povedala: „Bholu, je to veľmi ťažká práca. Sám som zatiaľ videl pávy tancovať len tri alebo štyrikrát? Pávy je naozaj málokedy vidieť a nájsť tancujúceho páva máme najmenšiu šancu...".

Bholuova úroveň nádeje začala opäť stúpať.

„Naozaj, mami? Ako a kde? Povedz mi to!" pýta sa Bholu netrpezlivo.

„Počkaj, všetko ti poviem. Keď cestujeme autobusom a prechádzame džungľou, občas cestou vidíme tancovať pávy." Jeho matka vysvetľuje.

"V poriadku!" povedal Bholu. Nechal sa presvedčiť. Bol šťastný, keď vedel, že stále existuje šanca na splnenie jeho želania.

Boh bol k Bholu veľmi láskavý. Nemusel dlho čakať. Jedného dňa dostal Bholu príležitosť cestovať. Cestoval autobusom s rodičmi na návštevu dediny svojich starých rodičov. Autobus prechádza popri džungli. Obloha je zamračená. Bholu sa ráno potichu modlil k Bohu, aby splnil svoje želanie.

Bholu obsadil miesto pri okne, ako obvykle. Užíva si výhľad von. Zrazu vykríkne od radosti. Práve videl pred oknom tancovať páv. Neveril vlastným očiam.

"Čo sa stalo, syn môj?"

"Mami! ocko! Práve som videl krásneho páva! Bol tam!" Bholu ukázal smerom, ktorým bol páv. Nevideli ho však, pretože autobus sa pohol dopredu. Potom počas svojej cesty rád videl veľa iných pávov, ktorí sa túlali sem a tam.

Bholu sa potešil. Túžba, ktorú v sebe dlho prechovával, sa napokon naplnila. Ďakoval Bohu, že vypočul jeho modlitby a kladne na ne odpovedal.

Zlý robotník sa háda so svojimi nástrojmi

Jedného dňa išiel Bholu do školy. Sedel vo svojej triede. Prebieha hodina hindčiny. Učiteľ učil. Povedala: "Deti, dnes vás naučím idiómy."

Všetky deti budú o niečo pozornejšie. Bola to pre nich nová téma. Niektoré idiómy dávajú Bholuovi zmysel, iné nie. Povedal: „Dobre. Dnes sa budem doma učiť idiómy. Poprosím mamu, aby mi v tomto smere pomohla."

Na spiatočnej ceste Bholu ďalej premýšľal o idiomatických výrazoch. Keď prišiel domov, našiel svoju matku ležať na posteli, pretože cítila silnú bolesť v hlave.

Bholu sa jej znepokojený pýta: "Mami, užila si nejaké lieky?" Keď Bholu počul jej „nie", priniesol svojej matke lieky a vodu. Vzala si liek a vrátila sa do postele. Potom Bholu odišiel do kuchyne nájsť niečo na jedenie. Mama mu zavolá a požiada ho, aby urobil sendvič s chlebom, maslom, uhorkou, paradajkami a omáčkou. Bholu začne robiť sendvič.

"Bolo to asi pol hodiny, keď Bholu prišiel do kuchyne." Jeho matka, zvedavá na toto meškanie, sa čudovala, čo tam doteraz robil. Príprava sendviča trvá príliš dlho?" Vstane a ide do kuchyne pozrieť sa, čo sa deje. Potom pocítila úľavu od bolesti hlavy.

Na svoje prekvapenie zistí, že Bholu sa usilovne snaží odrezať uhorku. Požiadala ho o nôž a uhorku a povedala: „Prines ich sem, Bholu. Rýchlo ti nakrájam uhorku."
Bholu odpovedá: „Mami, tento nôž je príliš tupý. Už dlho sa snažím uhorku nakrájať, ale nejde mi to."

Bez toho, aby povedala jediné slovo v odpovedi, mama rýchlo nakrájala uhorku rovnakým nožom. Bholu sa cíti trápne a začne mumlať. Jeho matka mu povedala: „Bholu, zlý robotník sa háda so svojimi nástrojmi. Keďže ste nevedeli nakrájať uhorku, zvalili ste to na nôž. Pozri, nôž funguje perfektne." Zatiaľ čo to hovorí, skúmavo sa pozerá na Bholu. Bholu sa začal obzerať bokom. Tajne šťastný, nedokáže udržať radosť a začne tancovať. Povedal si: „Len som premýšľal o tom, že by som sa od mamy naučil idiómy, keď mi počas nášho rozhovoru mama vysvetlila jeden z nich. Teraz mi je to už jasné. Ani som sa s ním o tom nerozprával. Sama to vedela. . Wow! Moja matka je génius. Môj učiteľ učil v triede rovnaký idióm."

Jeho matka rýchlo pripravila sendvič pre Bholu a podávala ho. Užíval si to. Medzitým mu pripravila mliečny kokteil. Veľkými dúškami prehltol celý koktail. Potom vyšli z kuchyne do izby. Bholu si potom spomenie, že jeho matku pred chvíľou bolela hlava.

Spýtal sa: "Mami, ako sa teraz cítiš?"

Odpovedala: "Lepšie ako predtým." Podáva prázdny pohár Bholu a hovorí: "Prosím, Bholu, choď a nechaj si to v kuchyni."

Bholu natiahne ruku, ale jeho pozornosť je inde; sklo spadne a rozbije sa na podlahu. Bholu je zaskočený.

"Synu, prečo si nedržal pohár správne?" pýta sa mama.

Bholu, ktorý sa cítil previnilo, odpovedal: "Mami, ty si to pustila skôr, ako som to mohol držať." Snažil sa ospravedlniť svoju chybu.

Jeho matka, ktorá vyzerala zúrivo, sa naňho pozrela a povedala: „Bholu, teraz sa naplnilo príslovie, že hrniec je čierny. Nemohli ste chytiť pohár a hovoríte, že som ho spadol."

Bholu sa začal škrabať na hlave a snažil sa pochopiť význam slovného spojenia „hrniec ruží". Jej matka vstala z postele a pozbierala kúsky rozbitého skla z podlahy.

Vedecká výstava

Raz v Bholuovej škole sa chystala vedecká výstava. Jeho učiteľ prírodných vied oznámil triede: „Študenti, každý z vás musí vytvoriť vedecký model alebo projekt. Škola po štyroch dňoch zorganizuje vedeckú výstavu. Všetci musíte priniesť funkčný model alebo projekt, ktorý mi ukážete do dvoch dní."

Bholu sa začína cítiť ohromený. Myslel si, že vždy existuje nový problém, ktorému nechce čeliť. Napriek tomu tomu musel čeliť. Povedal si: "Neviem, čo mám robiť s týmto modelom alebo ako?" Požiada spolužiaka o radu, ale aj druhé dieťa vyzerá zmätene. Bholu si všimne, že celá trieda je zaneprázdnená diskusiami a niektorí študenti obklopujú učiteľa, aby si vymenili nápady. Na konci školského dňa sa Bholu vrátil domov. Išiel rovno k matke a povedal: „Mami, mami, v našej škole bude vedecký veľtrh. To nám povedal náš učiteľ prírodných vied. Pomohol by si mi?"

"Samozrejme, že budem. Najprv mi povedz, čo chceš robiť."

„Neviem. Dajte mi nápad na funkčný model. To povedal môj učiteľ."

„Dobre. Dám ti knihu. Prečítajte si to a vyberte si, čo chcete." Keď to mama hovorí, otvorí poličku a vytiahne knihu o vedeckých projektoch. Bholu bol veľmi šťastný, že ho má. Dychtivo to začal čítať. Je pravda, že každá náročná úloha sa stáva ľahkou, keď je odhodlaná. Plánovanie, oddanosť, tvrdá práca a nadšenie sú potrebné nástroje. Pokračoval v čítaní, no nič nedávalo zmysel. Projekty, ktoré čítal, sa mu zdali príliš ťažké. Mal pocit, že ani jeden z nich nemôže dosiahnuť. Zrazu sa Bholuove oči dostanú na stránku, kde nájde úplný popis výťahu. Našiel odpovede na všetky svoje otázky.

Bholu išiel za svojou matkou a povedal jej, že ide vyrobiť model výťahu. Bholuova matka, ktorá bola inžinierkou, s radosťou počula jeho výber. Spoločne zhromaždili všetky materiály potrebné na vytvorenie modelu: veľkú dosku z dreva, klince, drôty a kladky. Pomocou týchto materiálov Bholu a jeho matka vytvorili model výťahu. Bholu si potom spomenie, že raz dostal súpravu bábik ako darček k narodeninám.

„Prečo ich nepremeniť na pasažierov idúcich hore a dole vo výťahu? Wow! Aký fantastický nápad!"

Keď bol model výťahu pripravený, skutočne fungoval. Ukázal, ako funguje výťah. Bholu bol veľmi šťastný. Z celého srdca ďakoval svojej matke, že mu vždy pomohla. Bholu napísal podrobný popis, aby vysvetlil, ako jeho výťah funguje.

Keď sa konala vedecká výstava, scéna bola úžasná a jedinečná. Všetky deti priniesli rôzne projekty/modely. Jeden študent vyrobil zvon, aby chytil zlodejov, ďalší predviedol mechanizmus sopečnej erupcie. Jeden z nich sa zaoberal témou znečistenia životného prostredia, zatiaľ čo ďalší vytvoril klon oviec. Vzniklo mnoho ďalších projektov. Bholu na výstave predstavil aj svoj model výťahu tým najlepším možným spôsobom. Keď na neho prišiel rad, podrobne vysvetlil, ako funguje jeho zdvíhací systém.

Ide o miniatúrnu verziu výťahu používanú ako alternatívu schodov v budovách. Všetci učitelia a riaditeľ chválili Bholuovu inteligenciu a talent.

Farebná dúha Bholu

Jedného dňa Bholu popoludní zaspal. Ani netušil, koľko času ubehlo, kým spal. Keď sa zobudil, slnko už zapadlo a nastal večer. Hneď ako sa zobudí, ide do zeleninovej záhrady svojho domu. Bolo tam veľa ovocných stromov, kvetov a zeleniny. Bholu rád trávil čas v záhrade. Ale v tento deň bola zeleň a farby trochu iné ako zvyčajne. Zdá sa, že všetky rastliny sa na Bholu usmievajú. Listy všetkých rastlín vyzerali lesklé a kvety veselo kvitli. Okvetné lístky slnečnice sa energicky hojdali, akoby ho vítali.

"Hej! Je dnes niečo špeciálne?" povedal si Bholu.

Zrazu sú Bholuove oči bez zjavného dôvodu pritiahnuté k oblohe.

"Matka! Matka! Do skorého videnia. Pozri, na oblohe je dúha. Mami, poď rýchlo!" Bholu nedokázal zadržať radosť. Takú krásnu dúhu ešte nevidel. V jeho hlase bola jasná radosť. Jeho matka, ktorá počula Bholuov hlas v dome, ho hľadala a vyšla von.

„Čo sa stalo, Bholu?

"Mami! Pozri sa tam hore, dúha." Bholu nadšene ukazuje na oblohu.

"Och, wow!" Aj jeho matka sa s radosťou pozerá na oblohu.

"Mami! Je to tak krásne. Prečo sa dúha neobjavuje každý deň?" pýta sa Bholu nevinne.

„Synu, dúha sa tvorí za určitých špecifických podmienok, keď dážď ustane. Vtedy je to viditeľné na oblohe. Poď, Bholu, sadneme si sem a porozprávame sa o tom ďalej."

Sedeli na lavičke v záhrade. Jeho matka vysvetľuje: „Biele svetlo sa skladá zo siedmich farieb. Hoci sa za normálnych podmienok javí ako biela, za zvláštnych okolností sa delí na sedem farieb. Dodáva sa vo forme pásu siedmich farieb v určitom vzore. Vyzerá naozaj nádherne a volá sa dúha. Takéto farebné vzory môžete pozorovať aj vo svojom fyzikálnom laboratóriu pomocou hranola. Váš učiteľ vám môže v tomto smere pomôcť.

„Mami, nerozumiem. Aký hranol na oblohe rozdeľuje svetlo na sedem farieb?" pýta sa Bholu veľmi nevinne.

"Bholu, dnes si položil veľmi inteligentnú otázku." Pozrite, keď je silný dážď dlhší čas, v atmosfére sa vytvorí vrstva vody. Aj keď dážď ustane a slnko bude opäť viditeľné, táto vrstva chvíľu zostane na svojom mieste. Táto vrstva tvorená kvapôčkami vody pôsobí ako hranol. Keď cez ňu prejde slnečné svetlo, láme sa a rozdeľuje na sedem farieb v špecifickom poradí, čím vytvára na oblohe krásnu a očarujúcu dúhu.

Bholu považoval informácie poskytnuté jeho matkou za skutočne fascinujúce. Jedného slnečného dňa, keď sedel na dvore a robil si domáce úlohy s Reynoldsovým perom v ruke, uvidel podobný vzor siedmich farieb, ktorý vyzeral presne ako dúha, ktorú predtým videl na oblohe. Bol potešený a premýšľal.

„Sníva sa mi? Nie je to malá dúha tu v mojom zápisníku? Čo umožnilo trénovať tu?“

Jeho pozornosť sa potom presunie na Reynoldsovo pero, ktoré drží v ruke.

„Dobre. už chápem. Priehľadné telo tohto pera Reynolds sa zmenilo na hranol. Tu sa biele svetlo prechádzajúceho slnka rozdelilo na sedem farieb. Preto na mojej kópii vidím malú dúhu. Áno, je to malá dúha." Malá dúha Bholu. Keď si to Bholu pomyslel, nedokázal sa ovládnuť. Bholu sa naďalej hrá so svojou malou farebnou dúhou a má veľa zábavy. Potom ušiel, aby povedal svojej matke o svojom novom vedeckom experimente.

Predavač zmrzliny

Je leto. Pred bránou školy Bholu každý deň stojí predavač zmrzliny. Bholu ho vidí každý deň. Bholu chce vytiahnuť z vrecka nejaké peniaze a rýchlo si kúpiť svoju obľúbenú zmrzlinu. Nikdy však nemá vo vrecku žiadne peniaze. Mnoho detí zo školy Bholu kupuje zmrzlinu od predajcu každý deň. Bholu má toto všetko rád. Obľubuje aj zmrzlinu. Vidieť ich každý deň jesť zmrzlinu v ňom vyvoláva túžbu jesť zmrzlinu ešte viac.

Jedného dňa, keď Bholu videl svojich spolužiakov jesť zmrzlinu, nedokázal zadržať slzy. Zrazu si uvedomí, že je ešte chudobnejší ako Rachit. V skutočnosti to tak nie je. Bholovi rodičia majú veľa peňazí. Žijú vo veľkom dome a majú všetko, čo majú bohatí. Bholu sa však niekedy cíti ako chudák.

"Bholu nemá žiadne vlastné peniaze." Od rodičov môže žiadať peniaze na dobrú vec. Ale na zmrzlinu nemá peniaze." Náhodou rozmýšľa. „Ako tieto deti získajú peniaze, aby si kúpili a zjedli všetko, čo chcú? Na túto otázku nikdy nedostane odpoveď.

Jedného dňa sa Bholu pokúsil porozprávať so Shivanshom, jedným zo svojich spolužiakov. Povie jej, čo sa ho týka. Shivansh mu povedal, že má svoje vlastné peniaze, nazývané vreckové. Bholu ani nevedel, čo znamená vreckové. Myslel si, že vreckové odkazuje na peniaze vo vrecku. Shivansh ale odpovedá, že od otca pravidelne dostáva peniaze, teda vreckové. Bholu tak trochu žiarli na Shivansha.

V ten deň, keď Bholu videl Rachita jesť zmrzlinu, chcel ju zjesť aj on. Zrazu Bholuovi napadne myšlienka a začne sa usmievať. Rozhodol sa, že nech sa stane čokoľvek, vychutná si chuť zmrzliny od toho istého predajcu, ktorý pravidelne stojí pred bránou školy.

Na druhý deň, po škole, Bholu hrdo zašiel do zmrzlinárne a z vrecka vybral dvadsaťrupiovú mincu. Podišiel k predavačovi zmrzliny a povedal: „Brat, daj mi, prosím, zmrzlinu.

"Akú vôňu by si chcel?" pýta sa predavač pri pohľade na Bholu.

"Tá mangová tyčinka?" Bholu ukázal prstom na obrázok na stánku. Zmrzlinár mu daroval mangovú tyčinku. Bholu si spokojne vychutnával svoju zmrzlinu. Bholu potom potichu vyberie z vrecka vreckovku, utrie si ústa a ruky a pohodlne nastúpi do školského autobusu.

Bholu sediaci v autobuse na chvíľu pocítil chuť a radosť z chutnej zmrzliny. Po chvíli sa radosť vytratila a objavil sa pocit viny. Začal si myslieť, že svojou tvrdohlavosťou dosiahol túžbu jesť zmrzlinu, ako si želal. Musel však ukradnúť peniaze z matkinej tašky, aby to urobil, a to ho zarmútilo.

„Prial by som si mať zmrzlinu bez toho, aby som kradol mame z tašky. Áno, to by bolo spravodlivé. Dnes som prvýkrát urobil niečo zlé. Preto sa necítim dobre. Krádež nie je dobrá vec. Povedal mi to môj učiteľ. Už vtedy som ukradol sumu dvadsať rupií. Nemal som to robiť." Bholu zostal v tomto pocite viny dlho.

Bholu potom cíti skutočnú ľútosť za svoje zlé činy. Rozhodol sa, že v budúcnosti sa do takejto trestuhodnej činnosti nikdy nepustí, pretože by to neskôr ľutoval. Ak chce jesť zmrzlinu, pokúsi sa presvedčiť mamu a otca tým, že bude trvať na svojom. Hneď ako Bholu urobil toto rozhodnutie, pocítil hlboký vnútorný pokoj. Autobus zastavil neďaleko jeho domu. Bholu zostúpil a zamieril domov s ďalším predsavzatím: povedať svojej matke, že jej ukradla dvadsať rupií z kabelky, a požiadať ju, aby mu odpustila. Bholu bol s jeho rozhodnutím veľmi spokojný.

Bholu narodeninový darček

Bholu ukradol dvadsať rupií z matkinej tašky. Uspokojil tak svoju spaľujúcu túžbu jesť zmrzlinu. Hovorí sa, že kto sa ráno stratí, nemôže byť považovaný za porazeného, ak večer nájde cestu. Aj Bholu mal po tom, čo ukradol dvadsať rupií, výčitky svedomia. Rozhodol sa, že v budúcnosti už nikdy nebude lietať. Príliš sa nebál, že by ho mama pokarhala, keby zistila, že chýbajú nejaké peniaze. Rozhodol sa priznať si chybu a ospravedlniť sa matke bez obáv z trestu, ktorý ho čaká. Na druhej strane Bholuova mama tomu doma nevenovala veľkú pozornosť. V ten večer, keď si potrebovala urobiť drobné v kabelke, si pomyslela, že tam musia byť nejaké mince. Prichádza mu na um myšlienka: prečo sa nespýtať Bholu, či vzal peniaze na nejakú vec. Bholu už rozmýšľa, že všetko povie svojej matke. Urobil to bez toho, aby strácal čas. Priznal si chybu a povedal jej, že si z tašky vybral dvadsať rupií, aby si kúpil zmrzlinu. Bholuova matka ho nenapomínala. Na chvíľu však zostala v šoku.

"Ó môj drahý! Musel si mi povedať o svojom želaní." dodala. Napriek tomu je spokojná, že sa jej syn za chybu ospravedlnil.

Povedala Bholu: „Bholu, neboj sa mi povedať, ak nejaké budeš chcieť v budúcnosti. Ak to naozaj potrebujete alebo chcete mať, môžete ma tiež presvedčiť, aby som to prijal."

Potom Bholuina matka a Bholu vyrobili zmrzlinu doma. Bavili sa spolu.

Pre matku Bholu to však nebolo ľahké. Nemohla naňho ľahko zabudnúť a ani naňho zabudnúť nechcela. Bholu bol jeho jediný syn. Nechcela zanechať žiadne medzery vo svojom vzdelaní. Ako každý rodič nechcela, aby sa jej Bholu stal zlodejom. Pri tej predstave sa otriasla. Korene každého nesprávneho konania sa uchytia, keď sa od začiatku ignorujú, najmä keď ostanú nepovšimnuté. Vtedy sa rozhodla o tom povedať Bholuovmu otcovi.

O pár dní neskôr sa Bholu blížili narodeniny. Rodičia Bholu plánovali dať mu prekvapivý darček. Vedeli, že ich syn Bholu je trochu zlomyseľný, ale aj inteligentný. Aj on bol poslušný. Keď mu boli prezentované výhody a nevýhody niečoho, dokázal pochopiť veci také, aké sú. Rozhodli sa dať Bholu na narodeniny nejaké vreckové. Povedali mu: "Bholu, odteraz budeš dostávať každý mesiac malé vreckové, ktoré môžeš rozumne minúť alebo sa naučiť šetriť." Bholu skutočne ocenil prekvapivý darček k jeho narodeninám.

Bholu sa dotkol nôh svojho otca a matky a prijal ich požehnanie. Poďakoval sa im aj za tento špeciálny narodeninový darček. Potom sa Bholu rozhodol stať sa zodpovedným a rozumným chlapcom. Akékoľvek vreckové dostal, väčšinu z nich si vložil do prasiatka. Vždy, keď niečo potreboval, urobil by to múdro. Jedného dňa, keď otvoril svoje prasiatko, prekvapilo ho, že nazbieral takú veľkú sumu. Bol veľmi šťastný. Povedal o tom svojej matke a spýtal sa: "Môžem minúť svoje úspory?"

Jeho matka mu dala povolenie minúť peniaze. Potom išiel na trh, aby si kúpil nové reproduktory pre svoj počíta

Šivalik

Bábika a plyšový medvedík

Na ceste z Nanhe Gaon do Kalpanagaru je veľmi veľký dom. Veľkoleposť stavby je zrejmá už na prvý pohľad. Nanhe Gaon Road je rušná hlavná cesta. Ak tam niekedy pôjdete, hviezdne svetlá tejto veľkolepej budovy vás upútajú hneď z jazdy. Môžete mať pocit, že prichádza Diwali. V tejto nádhernej  budove žije šťastná štvorčlenná rodina. Ľudia, ktorí tam žijú, sú Shivalik, jeho sestra Rashmi, jeho matka a otec. Shivalik je malý chlapec vo veku asi šesť rokov. Rashmi, Shivalikova sestra, má okolo troch rokov. Matka a otec majú okolo tridsať rokov.

Shivalik a Rashmi sú súrodenci. Shivalik ide do školy a mladší Rashmi zostáva doma. Aj doma urobila prvé kroky vo vyučovaní. Obaja súrodenci sú veľmi inteligentní a temperamentní. Shivalik zdieľa všetky zaujímavé veci, ktoré sa v škole naučí, s každým doma. Mama počúva a Rashmi tiež. Mama trochu učí Rashmi. Rashmi sa už naučila veľa malých básní a tráví celý deň ich recitovaním pri prechádzke po dome. Tiež rada tvorí a robí neporiadok na papieri farebnými ceruzkami. Kreslenie čiar, robenie neporiadku na papieri. Má veľmi rada tieto aktivity plné šibalstva a zábavy. Obe deti sa spolu často hrajú.

Ach áno, ešte som vám nepredstavila bábiky z múzea bábik. Začnime exteriérom. Dom má veľa izieb a veľký trávnik. V trávniku je veľa rastlín. Vnútri domu sa nachádza veľká obývačka s nábytkom, televízorom a dvomi šatníkmi. Majú presklené dvierka, môžeme ich nazvať aj vitríny. Hovorím im múzeum bábik. a prečo? Je tam veľa hračiek a dekoratívnych predmetov. Existujú malé autá, od najstarších po najmodernejšie. Sú tam slony, kone, vojaci a dokonca aj roboti. K tomu všetkému ešte krásny plyšový medvedík Bhanu a rozkošná bábika Sara.

Keď niekto vstúpi do miestnosti, medvedík sa usmeje a všetkých víta. Bábika neustále spí a málokedy otvára oči. Plyšový medvedík a bábika v oknách sú obaja umiestnení na stenách oproti sebe. Preto sa medvedík vždy pozerá na bábiku a čaká, kým sa zobudí. Do bábiky sa tak zamiloval a začal ju považovať za svoju. Niekedy, keď Rashmi vytiahne zo šatníka svoju bábiku, aby sa s ňou pohrala, medveďovi sa to veľmi páči.

Dnes je Bhanu veľmi smutný. Keď sa Bhanu zobudí, Sara ešte spí. „Si v poriadku? Celý deň prespí ako keby nemala prácu. Prečo sa nezobudí načas ako ja? Aj keď sa zobudí, zdriemne si alebo sa obzerá. Niekedy ma vidí omylom. A ja? Celý deň som sa na to pozerala." Bhanu celý čas sedí a premýšľa.

„A čo môžem urobiť? Keď niet inej práce. A bola oblečená v predsieňovom šatníku. Ako môžem zavrieť oči, keď je priamo predo mnou? Aby som bol úprimný, chcem sa hrať s touto bábikou. Vyzerá ako moja vlastná bábika. Môže mi niekto povedať, čo mám robiť?" myslí si Bhanu. Úbohá bytosť Bhanu, obeť osudu, nemôže nič robiť.

Jedného dňa Bhanu počul Shivalika čítať: "Konaj svoju povinnosť, neželaj si výsledok." To ho prinútilo premýšľať, aký má zmysel sadnúť si a premýšľať. Niektoré pohyby sú potrebné. Skúsil sa teda trochu pohnúť a pri tomto pokuse nechtiac zvalil hračky, ktoré boli nablízku. Robot na neho uprene hľadí a autá začnú robiť hluk, aby ho vystrašili. Potom sedí ticho, úplne pokojne.

Potom sa mu začali vybavovať spomienky. Spomína si na deň, keď Shivalik navštívil veľkú výstavnú sieň, kde predtým býval Bhanu. Keď ho uvidel, bol veľmi nadšený? Potom trval na kúpe medvedíka, ktorým som bol ja. V slzách sedel na podlahe tejto výstavnej siene. V tento deň si Bhanu prvýkrát uvedomil svoju krásu.

„A prečo nie? Inteligentné deti ako Shivalik sa nevzrušujú bez dôvodu. Musí na mne byť niečo špeciálne." Keď si to Bhanu pomyslel, cítil sa hrdo a pokúsil sa pohnúť, pokúšajúc sa padnúť Shivalikovi do lona. Predtým, ako to urobil, sa k Bhanuovi priblížila ruka, aby ho zdvihla.

Možno to bola ruka obchodníka. Po chvíli už nič nevidí. Možno si už zbalil kufre. V jednej chvíli sa bál. Myslel si, že je mŕtvy. Počul, že keď ľudia zomrú, je to koniec sveta. Vedel tiež, že každý musí raz v živote zomrieť. Potom zavrie oči a modlí sa k Bohu, aby to tak nebolo. Keď otvoril oči, ocitol sa v novom dome. Bol to pre neho ako nový deň.

„Ach, čo to je? Je toto nové miesto, kam som prišiel?" Čudoval sa, keď uvidel Shivalika stáť pred ním. Po chvíli sa dozvedel, že je to dom týchto ľudí. „Boh vypočul moju modlitbu. Zostanem tu s týmito rozkošnými deťmi. Bol to len obchod, nie dom. Bolo tam aj veľa ľudí." Shivalikova matka ho kúpila od obchodníka pre Shivalika. Keď si to Bhanu pomyslel, začal sa čudovať.

Bhanuov dlhý nos

„Dnes je v dome od skorého rána veľký rozruch. čo sa deje? Všade vládne veselá atmosféra. Chcem rýchlo vedieť, čo sa deje." Bhanu sedel pred Sariným oknom, stratený v myšlienkach. A čo ešte mohol tento bucľatý medvedík robiť? Zdá sa, že prílišné premýšľanie sa preňho stalo zvykom.

Hneď vedľa bola robota. Bhanu mal niekedy pocit, akoby v spoločnosti tohto robota začal myslieť ako robotická myseľ. Pamätá si deň, keď ho Shivalik priviedol do tohto domu v uzavretej krabici. V tom čase nebol hlbokým mysliteľom.

Nerád však priveľmi premýšľa a najmä nie o zbytočnostiach. Najradšej sa hrá a rozpráva.

Dnes mu tieto dva problémy postupne vstúpili do života. Samozrejme ! s kým sa hrať a rozprávať...? Všetky tieto hračky sú veľmi arogantné. Tento robot, ktovie, čo si o sebe myslí? Tento vojak a tieto malé autá! Každý sa považuje za skutočných. Myslia si, že robot robil skutočnú prácu, vojak robil skutočný boj a autá jazdili po skutočných cestách. Niekedy, keď hovoria, je cítiť nepríjemný zápach. Ich zhovievavý postoj zaváňa aroganciou. A chudák Bhanu...! Bol taký nevinný, ako nevinná bábika, žiadny podvod, žiadna extravagancia. A vie, že nie je o nič menší ako ostatní. Preto sa snaží v krátkom čase zabudnúť na všetko zlé správanie všetkých. Prečo spomínať? Zdá sa, že je to celkom nudné. Jeho jedinou oporou je napokon Sara. Naďalej sa na ňu pozerá.

Priamo pred ním je v okne umiestnená pekná bábika. Niekedy to vyzerá, že spí a niekedy to vyzerá, že sa usmieva. Niekedy je Bhanu zmätená a má pocit, že sa pri pohľade na neho znova a znova červená.

Niekedy má Bhanu pocit, že sa do Sary zaľúbil. Potom premýšľa, či ho Sara tiež miluje alebo nie. Stojí to za zamyslenie? Je úplne zrejmé, že keď sú spolu celý deň, musí medzi nimi byť láska. A niekto musí byť blázon, ak po tom, čo s niekým strávil celý deň, k nemu necítiš žiadnu lásku. Je veľmi ťažké definovať lásku alebo ju vysvetliť. Pri premýšľaní nad týmito otázkami sa zdá, že neexistuje jednoznačná odpoveď.

Bhanu potom začne čakať a modliť sa: „Ó, Sara! Čoskoro sa zobudíš. Takže môžeme hrať spolu."

Konečne sa zobudila. Je zvyknutá na neskoré ranné vstávanie. Keďže je to bábika, už ju asi nebaví sedieť celý deň. Naopak, Bhanu je veľmi aktívny muž. Možno je trochu bacuľatý, ale trochu sa pohybuje a snaží sa cítiť vibrácie okolo seba, aby vedel, čo sa deje nablízku. Kto vchádza do domu? Čo sa varí v kuchyni? A ešte oveľa viac. Dnes ráno sa dopočul, že deti chodia do školy veľmi rady. Rashmi sprevádzala aj svoju matku do školy svojho brata. Teraz je poludnie. Z vône lahodného jedla sa mu zbiehajú ústa. Bhanu si myslí, že keby bol človekom, aj on by si pochutnal na širokej škále jedál. Ale hračky sú len hračky. Nevedia ochutnať chutné jedlo. Môžu len cítiť. Cítia sa dobre aj vtedy, keď vidia, ako si deti vychutnávajú chutné jedlo.

„Sarah! Sarah! Počúvaj ma!" zašepkal Bhanu. Hlas nebol príliš hlasný, aby sa k nemu dostal, ale mal dojem, že počula jeho hlas. Sara sa na neho pozrela a usmiala sa.

„Sarah! Sarah! Počúvaj. Viete, prečo je dnes doma taký rozruch? Pozrite, v kuchyni sa pripravujú chutné jedlá. Chceli by ste ich ochutnať?" Bhanu túžil niečo od neho počuť.

Odpovedala Sara? Bola to tiež len bábika, krásna malá bábika. Nepovie áno ani nie. Pomaly otočila hlavu a pozrela sa na druhú stranu. Bhanu mal pocit, že mu hovorí: „Choď a jedz. Nebudem jesť."

Rashmiho narodeninová oslava

Je 17:00. Nepokoje začali doma. V skutočnosti mama počas dňa veľa pripravovala na oslavu Rashmiho narodenín. Rashmiho narodeniny pripadajú na mesiac jún. Keďže je v týchto dňoch horúco, párty zorganizovala mama doma na trávniku. Prečo stále používať klimatizáciu, ak máte okolo seba voľný a prirodzený vzduch. A plán vyšiel. Celý trávnik zdobili farebné svetlá, fáborky a balóny. Hore bolo na oblohe biele mesačné svetlo. Na rozdiel od toho bola zem pokrytá sviežou zelenou trávou. Okolo trávnika boli rastliny s kvetmi a dokonca aj tie boli ozdobené dekoratívnymi svetlami. Bolo tam postavené pódium. Na jednej strane trávnika sú pripravené stoly na večeru. Boli tam usporiadané aj miesta pre hostí a všetko bolo pekne vyzdobené.

Je skoro šesť hodín. Začal sa príchod hostí. V našej indickej kultúre sa očakáva oslava narodenín prostredníctvom bohoslužieb, modlitieb a rituálov ako Havan a Yajna. Indovia však pre šťastie malých detí niekedy upravujú formu osláv. V tomto smere do všetkých svojich aktivít vnášajú pocit globálneho bratstva. Aké úžasné by bolo, keby všetky národy sveta, bez ohľadu na kastu alebo náboženstvo, s otvoreným srdcom prijali všetky pozitívne aspekty toho druhého a nikdy neváhali zbaviť sa negatívnych aspektov, či už ide o osobný poriadok alebo iné. Úprimne povedané, prijatie zmeny je zákon prírody. Kedy a koľko závisí od osobného ocenenia každého človeka.

Ľudia v dome sa pohybovali. Shivalik odišiel do domu svojho priateľa Rahula a vzal ho so sebou a zavolal všetky ostatné deti v susedstve. Všetky deti sa už pripravujú. Rýchlo sa pridajú k Shivalikovi a Rahulovi. Prišli Pinky, Radha a Bhawna. Prítomný je aj Golu.

Dom Shivalikovho strýka je tiež v tom istom meste, kúsok odtiaľto. Vidieť ich aj prichádzať, aby sa zúčastnili obradu. Rashmi má na sebe krásne ružové šaty s bielymi volánmi, zodpovedajúce topánky, ponožky a šiltovku. Je taká krásna, ako víla z neba.

Všetci hostia prišli. Rashmiho matka a otec srdečne privítali hostí. Všetkým začali podávať nápoje. V tom momente moderátor urobil oznámenie, ktoré všetci počuli. Diváci sa zhromaždili neďaleko javiska. Mali sa tam hrať rôzne hry. Niektoré hry boli určené pre malé deti, iné pre staršie deti. Víťazi dostali aj ceny. Nechýbala ani hudba a tanec. Moderátorka pozvala všetkých na slávnostné krájanie torty. Malá víla

Rashmi krájala ovocný koláč ozdobený sviečkami. Mama, otec a všetci hostia zasypali narodeninovému dieťaťu kvety. Deti vrelo tlieskajú. Ceremoniál krájania torty teda prebehol úspešne.

Všetci hostia boli potom srdečne pozvaní na večeru. Všetci sa výborne bavili. Počas žehnania deťom sa rozlúčili s rodičmi Šivalika a Rashmi. Rodičia sa tiež úctivo so všetkými rozlúčili a na oplátku im dali darčeky.

Pozrime sa, čo sa deje v miestnosti. Naše drahé bábiky, Bhanu a Sara, sa nemohli zúčastniť na živej oslave narodenín na trávniku. Hudbu a pesničky si však užívajú zvnútra. Dnes netrpezlivo očakávajú príchod svojich rodinných príslušníkov, ktorí sa k nim opäť pridajú.

A teraz sa ich chvíle netrpezlivosti skončili.

Je deväť hodín večer. Po rozlúčke s hosťami sa mama a otec starajú o domáce práce. Shivalik a Rashmi sedia a pozorujú darčeky, ktoré prinášajú ich priatelia.

A Bhanu...? čo robí? Vyzerá to tak, že gestikuluje smerom k Sare, akoby sa jej pýtal, aký darček od neho chce.

Letná prestávka

Dnes je piaty júnový deň. Oslavuje sa ako Svetový deň životného prostredia. Ráno sa zdá byť také krásne. Včera mal Rashmi narodeniny. Všetci v rodine boli unavení a minulú noc spali neskoro. Shivalik zaspal až veľmi neskoro. Až do rána, keď sa zobudí. Nemôže zaspať kvôli extrémnej radosti, ktorú cíti. Na mladých ľuďoch je dobré, že sú nadšení zo života. Sú šťastní jednoducho preto, že sú. Nepotrebujú konkrétny dôvod, aby našli šťastie. Šťastie je neoddeliteľnou súčasťou ich povahy a osobnosti. V skutočnosti sa my, takzvaní dospelí, môžeme od nich veľa naučiť, ak sa nezraní naše ego.

Celý svet sa potom môže stať piknikovým miestom, kde sa dobre žije.

Shivalik sa zobudí o šiestej ráno. Keď ho mama uvidela, bola veľmi prekvapená a začala sa pýtať: „Tarun! Zobudil si sa tak skoro? Čo je to?" Tarun je Šivalikova prezývka.

"Mami! Vždy hovoríte, že všetky deti by sa mali zobudiť skoro ráno," povedal Šivalik nevinne.

"Mami! Dnes ráno sa idem hrať s kamarátmi do neďalekého parku,“ povedal netrpezlivo a pozrel na mamu.

"Jasné, pokračuj. som velmi stastna. kto sú tvoji priatelia? Buďte v bezpečí a hrajte dobre. Aj ja prídem do hodiny. Môj drahý syn,“ povedala mama a vyjadrila lásku Shivalikovi.

Tarun vzal kriketovú pálku a vybehol von. Keď odchádzal, povedal mi, že odchádza s Rahulom. Súhlasili so všetkými podmienkami, ktoré stanovila mama, aby sa mohli hrať vonku. Keď Tarun odišiel, mama sa ujala práce v kuchyni. Musí pripraviť otcovi raňajky a zabaliť mu obed do kancelárie. Otec sa medzitým sprchuje v kúpeľni.

A pozrime sa, čo robia Bhanu a Sara na ich párty s bábikami. Bhanu sedí na poličke a skáče od vzrušenia. Chce ísť von a hrať sa so Shivalikom v parku. Sara sedí so zavretými očami. Radšej zostane spať.

„Neviem, prečo táto bábika toľko spí. Rád by som sa jej spýtal, či sa nechce hrať?" Bhanu pozrie na Saru a potom odvráti tvár. Dostal sa do svojich myšlienok a začal si predstavovať, že nie je bábika, ale malý chlapec ako Shivalik a Sara je dievčatko. Obaja sú tiež súčasťou Shivalikovej skupiny detí v parku, ktoré sa hrajú s loptou. Stratený v myšlienkach mal pocit, že dorazil do cieľa a začal si hru užívať.

Aký krásny je svet fantázie! Všetko sa zdá byť pravdivé napriek absencii akejkoľvek reality. Človek na pár okamihov získa prístup do tohto sveta a zažije prchavú radosť zo života, ktorú možno v skutočnosti nikdy skutočne nezažije.

Po chvíli, keď sú raňajky hotové, otec si vezme raňajky, obedár a odchádza do kancelárie. Kancelária Šivalikovho otca je od domu asi desať kilometrov. Mama sa chystá ísť do parku. Láskavo zavolá Rāshmi, ktorú láskavo volá Dolly, aby ju zobudila. Dolly sa rýchlo zobudila, keď počula, že idú do parku. Mama zamkne dom a nechává Bhanu a Saru v ich malom svete a mieri do parku. Park je päť minút chôdze od domu. Keď tam prišli, videli deti hrať kriket s veľkým nadšením. Dolly sa začala hojdať na hojdačke, pretože ešte nebola dosť veľká na to, aby sa hrala so staršími deťmi.

Bhanu bol ponorený do svojho vlastného sveta. Vonkajší svet v skutočnosti nevidel, ale občas ho videl v televízii. Zhodou okolností bol v obývačke Shivalik-Rashmiho domu aj inteligentný televízor. Keď tam sedel člen rodiny, z času na čas si zapol televíziu. Bhānu to považoval za veľmi príjemné a často so záujmom sledoval televíziu. Takže sa nikdy nenudil. Niekedy pozeral kriketové zápasy a inokedy počúval pesničky. Bhanu má veľmi rád, keď deti tancujú na pesničky. V tej chvíli sa chcel pridať k tancu so Sarou. Niekedy má Bhanu šťastie, keď ostatní zabudnú vypnúť televízor a ísť do inej miestnosti. Potom ako kráľ pozeral televíziu a rozširoval si vedomosti.

Každopádne, Bhanu a Sara majú svoj vlastný osud. Ale je tiež pravda, že bábiky musia byť aktívne, rovnako ako ľudia. Aj keď to nie je v tomto živote, ovocie činov sa skôr či neskôr dočká. S ohľadom na to musíme pokračovať v práci správnym smerom.

Počítačové kurzy pre mamičky

Sú letné prázdniny. Všetci v dome sú veľmi šťastní. Deti sa tešia a mama je tiež veľmi spokojná. Aj naša bábiková párty. Každé ráno ide mama s deťmi do parku. Mama jemne tlačí Rashmi na hojdačke a Tarun sa hrá s deťmi. Mama si tiež urobí malú prechádzku v parku. Zábava je zabezpečená počas celého dňa, vrátane hier v interiéri, ako sú carrom, ludo, hady a šach, ako aj počítačových hier. Mamička pripravuje deťom zdravé maškrty. Počas dňa sa Bhanu a Sara niekedy navzájom rozprávajú gestami. Bhanu tiež učí nové triky deti a hračkárskeho robota. Niekedy deti vytiahnu všetky svoje hračky z police a hrajú sa s nimi. Atmosféra je jedna radosť.

Aj mama chce robiť niečo nové. Myslí si, že po celodennom robení domácich prác si môže dopriať nejakú kreatívnu prácu, aby jej kreativita zostala živá. Tento projekt pripravovala niekoľko dní, niekedy rozmýšľala nad jedným, inokedy nad druhým. Nakoniec sa rozhodne. Rozhodla sa začať učiť online. Od vypuknutia určitých nákazlivých chorôb sa tendencia chodiť do školy a súkromné hodiny offline výrazne znížila. Potrebu vzdelania však nemožno poprieť kedykoľvek. To je dôvod, prečo väčšina detí začala prejavovať záujem o online vzdelávanie. To umožňuje nielen rodičom nebáť sa o bezpečnosť svojich detí, ale ani učiteľom (opatrovníkom). Mama má dobré znalosti o počítačoch. Veľa to študovala.

A čo teraz robí mama? Vygooglila si veľa stránok s doučovaním a študovala ich. Existujú stránky, ktoré podporujú študentov aj učiteľov. Mama sa na jednej z týchto stránok zaregistrovala ako učiteľka pod menom Prabha Gupta. Stanovila si rozvrh a rozhodla sa, kedy a na ktorých hodinách bude učiť informatiku. Aby to urobila, urobila všetky potrebné opatrenia, ako napríklad stoličku, laptop, Wi-Fi atď. S týmto zámerom spustila svoj nový projekt.

Doma sa tak vytvorilo veľmi dobré študijné prostredie. Keď mama učí, deti si robia aj domáce úlohy. Ťažké témy, ktoré sa nedajú naštudovať bez cudzej pomoci, čítajú s mamou. Samostatne plnia jednoduché a zaujímavé úlohy, ako je čítanie, kreslenie a matematika. Shivalik občas čelí problémom, ale je vynaliezavý. Riešenia svojich problémov hľadá na Googli. Okrem toho trochu pomáha aj svojej sestre Rashmi. Hoci má Rashmi len štyri roky, občas si rada prezerá knihy a dokonca napíše aj niekoľko písmen abecedy. Tiež kreslí čiary farebnými ceruzkami. A keď nemá náladu, všetko nechá a sedí. Len čo sa mamina skončí počítačová hodina, deti veľa tancujú a cítia sa šťastné.

A rozkošný medvedík Bhanu si pomyslel: „Prial by som si, aby sa tento malý robot stal mojím priateľom. Nechaj ma skúsiť. Tiež sa naučím pár skvelých nových matematických trikov. Takže sa nikdy nebudem nudiť. Pozrite, tieto deti veľmi baví riešenie matematických úloh.“

A Sarah...? „Neviem. Aký je zámer Bhanu? Myslím, že sa chce stať chlapcom namiesto plyšového medvedíka.“ To si myslela bábika Sara.

Shivalik ako kúzelník

V letných horúčavách pod azúrovou oblohou,

Ak je pred nami podnik na pitie.

Zmrzlina, cola a studená káva sú božské.

Ale ospravedlňte studený kašeľ, buďte láskaví.

Uprostred týchto zábavných letných prázdnin plynuli dni jeden za druhým, ako keď vlak naberá rýchlosť. Tak ako už nevieme, kedy rýchlik príde na stanicu a ako mihnutím oka odíde, je ťažké určiť, kde miznú sviatky. Blíži sa koniec júna a v júli sa očakáva opätovné otvorenie detských škôl. Mama si uvedomila, že je pred ňou ešte veľa príprav. Po skončení pandémie školy nemusia otvoriť svoje brány prvý júlový týždeň. Školy nech sa otvoria kedykoľvek, ale treba urobiť prípravu pre deti a rodičov. Všetky úlohy – uniformy, domáce úlohy, projekty a ktovie čo ešte?

„Ach, čo to je? Úplne som zabudol. Zasiahlo ma to, keď som po telefóne hovoril s Rahulovou matkou." Mama popoludní sedela a premýšľala. V Shivalikovej škole sa každý rok v auguste organizuje kostýmová súťaž pre najmenších pri príležitosti Janmashtami.

"Urobil som pevné rozhodnutie, aby sa moje deti zúčastnili tohto programu. Môžem zapojiť Rashmi budúci rok, ale tentoraz je nevyhnutné zapojiť Shivalika. Pretože budúci rok sa jeho veková skupina zmení."

„Každý rok sú všetci rodičia srdečne pozvaní do školy na festival Janmashtami. Vždy, keď išla mama na predstavenie, zaujali ju deti v rôznych kostýmoch. Tiež myslela na to, že prinesie báječný a úplne nový nápad, ktorý ešte nikomu nenapadol, a pripravila pre túto rolu svojho syna Shivalika."

„Je veľa nápadov, ale väčšina z nich už bola realizovaná mnohokrát predtým. Z niektorých detí sa stanú noviny, z iných stromy. Niektoré sa správajú ako zelenina, ako okra alebo červené paradajky, zatiaľ čo iné sa stanú bacuľatými, okrúhlymi baklažánmi. Niektoré deti sa dokonca stanú bohmi – niektoré Ganéša, iné Šiva, či dokonca malý Krišna. Čo môže dieťa robiť? Sú to mamičky, ktoré prichádzajú s týmito nápadmi. Jedno je však isté, stať sa bohom je najväčšia výzva. Už len pohľad na to ma udivuje." Mama sa znepokojila, keď na to pomyslela. Potom myslela na Boha a o pár minút zaspala. Po chvíli sa zobudila a už bol večer. Je čas na domáce práce.

S touto myšlienkou prišla noc. Bhanu si myslel, že mama vyzerala trochu rozrušene. neviem prečo. Začal sa tiež modliť: „Ó, Bože! Prosím, vyriešte jeho problém."

Nasledujúce ráno, keď sa mama postarala o všetky domáce práce a pripravila raňajky, povedala si: „Nájdime si dobrú knihu na čítanie. Jej kroky ju viedli k poličke. Po chvíli našla riešenie vo svojich rukách. Áno, na poličke našla knihu s názvom „101 kúzelníckych trikov" a vtedy si povedala: prečo by Shivalik nehral kúzelníka v súťaži o kostýmy? Aký fantastický nápad, o ktorom povedala, že je úplne nový. Keď začala listovať v knihe, zamerala sa na hľadanie jednoduchých kúzelníckych trikov, ktoré by sa šesťročný Shivalik mohol naučiť a úspešne ich predvádzať na javisku.

Hovorí sa, že kde je vôľa, tam je cesta. Keď sa človek naplno venuje danému smeru, podporuje ho aj to božské. Mama našla tri ľahké kúzelné triky a sama ich naučila podľa pokynov v knihe. Tieto triky potom naučila malého Shivalika. Shivalik sa o to začal zaujímať a mama si myslela, že o pár dní bude môcť úspešne predvádzať tieto kúzelnícke kúsky na pódiu. Potom s pomocou Rahulovej mamy pripravili krásne šaty aj pre kúzelníka. Kúzelnícky klobúk, kabát, nohavice a topánky - kompletný make-up Charlieho Chaplina. Celý plán je pripravený v jeho mysli. Kedykoľvek Shivalik predvádzal magické triky, Bhanu a Sara súhlasne prikývli hlavami. Konečne nastal deň znovuotvorenia školy. Jedného dňa, keď bola organizovaná súťaž v maškarných šatách, sa na nej Shivalik zúčastnil. Usilovne trénoval a jeho práca sa vyplatila. Keď na pódiu predvádza svoje kúzelnícke triky, diváci žasnú. Všetci boli ohromení, keď videli, že malé dieťa dokáže predvádzať kúzelnícke triky s toľkými zručnosťami. Búrlivý potlesk publika zvýšil nadšenie detí.

Shivalik získal v súťaži druhú cenu. Keď sa Shivalik vrátil domov, umiestnil ocenenie na policu blízko Sary. Bhanu a Sara sa láskyplne pozreli na cenu, potom na Shivalika a potom na seba a súhlasne prikývli. Všetci v dome boli veľmi šťastní.

V okolí sa ozýva jemný tón Krišnovej flauty.

* * *

O autorovi

Geeta Rastogi 'Geetanjali' sa narodila 26. júla 1968 v Indii. Jeho rodičia, pán Harichand Gupta a pani Rammurti Devi, pochádzajú z okresu Ghaziabad (India). Okrem toho, že je autorkou, je učiteľkou prírodných vied so špecializáciou na chémiu. Táto kniha „The Colorful Rainbow of Bholu" bola pôvodne napísaná a vydaná v hindčine a neskôr preložená do angličtiny, taliančiny, francúzštiny, španielčiny, thajčiny, nemčiny a filipínčiny. Vydala ďalší román v hindčine s názvom „Kanak Kanak te sau guni". Tiež rada píše básne, príbehy a užitočné články do časopisov a novín.